五福五代堂古稀天子寶

八徵耄念之寶

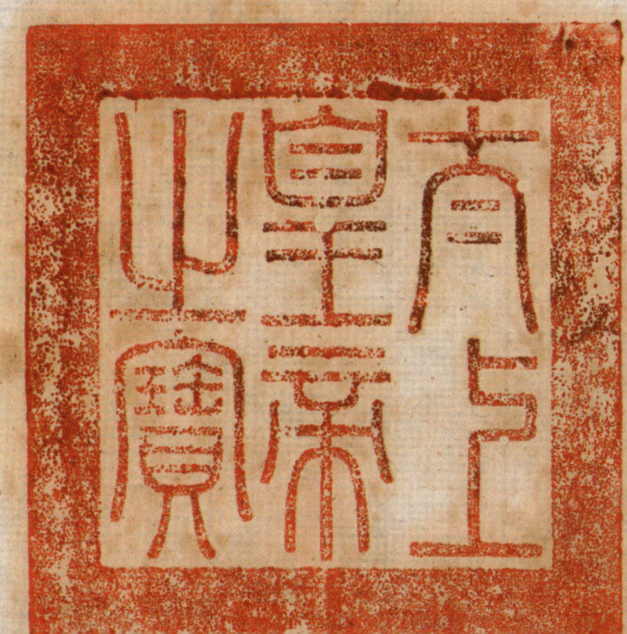
太上皇帝之寶

U0112926

重刊許氏說文解字五音韻譜卷九

去聲

㝱 一 莫鳳切 㝱讀若夢

用 二 余訟切 用

重 三 柱用切 重

共 四 渠用切 共

𨛜 五 胡絳切 𨛜讀若巷

朿 六 七賜切 朿讀若刺

至 七 脂利切 至

示 八 神至切 示

二 九 而至切 二

四 十 息利切 四

自 十一 疾二切 自

白 十二 疾二切 白讀若自

𢑚 十三 羊至切 𢑚又讀若弟

鼻 十四 父二切 鼻

比 十五 毗二切 比

異 十六 羊吏切 異

未 十七 無沸切 未

气 十八 去旣切 气與氣同

旡 十九 居未切 旡讀若旣

去 二十 丘據切 去

句 二十一 九遇切 句

䀠 二十二 九遇切 䀠讀若句

瞿 二十三 九遇切 瞿讀若句

壴 二十四 中句切 壴讀若駐

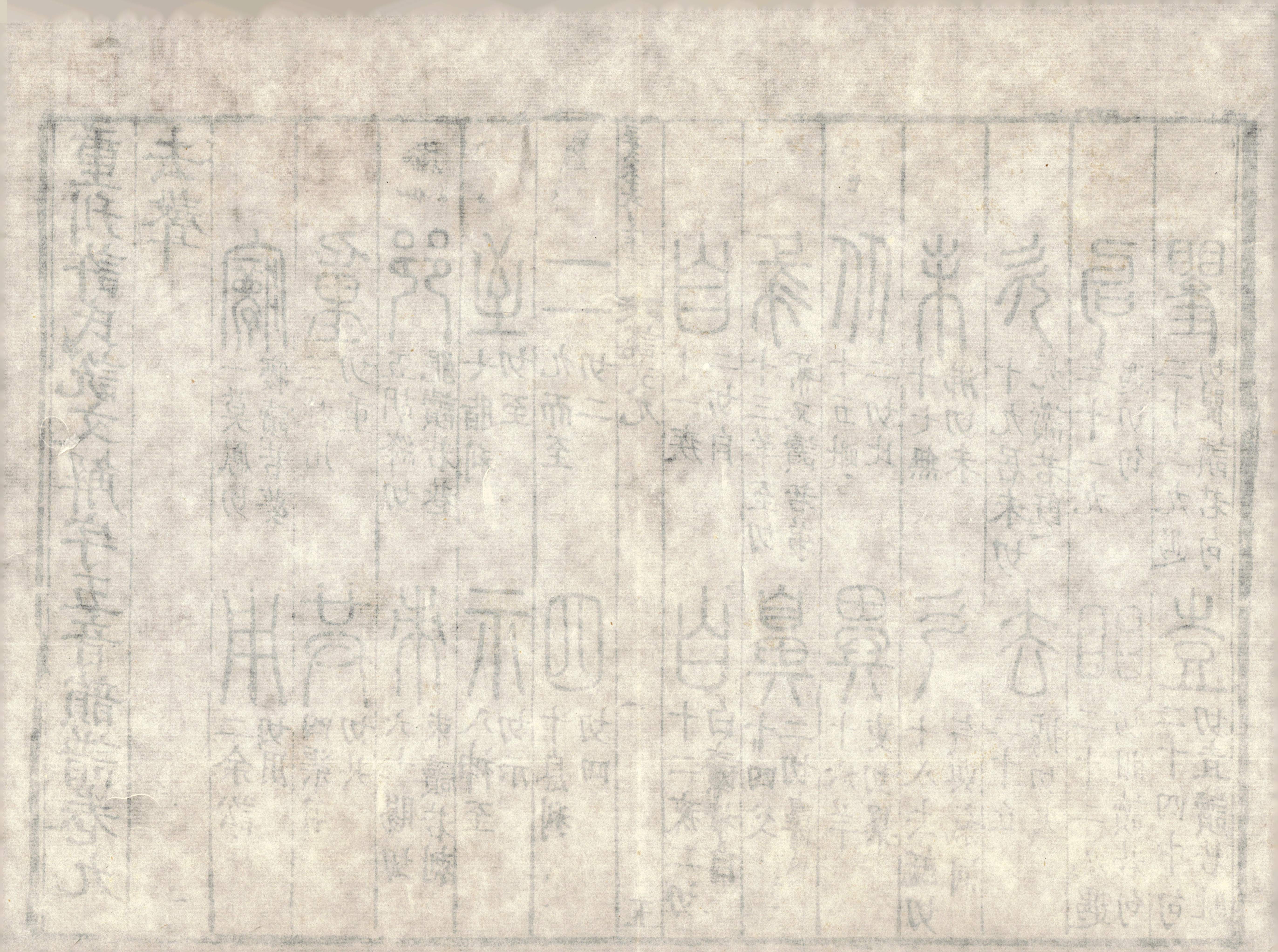

二十五薄故切步

二十六桑故切案與素同

二十七湯故切兔

二十八胡誤切瓠

二十九特計切弟

三十胡計切系

三十一此芮切毳

二十二居例切瓦讀若厲

三十三余制切厂讀若曳

二十四毗祭切尚讀若瞥

三十五徒蓋切大

三十六博蓋切貝

三十七黃外切會

三十八古外切巜讀若澮

三十九四卦切𠂢讀若派

四十匹卦切𣏟讀若派

四十一古拜切丰讀若介

四十二盧對切耒

四十三徒耐切隶讀若逮

四十四而振切刃

四十五舒閏切舜

四十六食閏切盾讀若順

四十七四刃切朮讀若顡

四十八息進切囟讀若信

四十九息晉切卂讀若迅

五十倉困切寸

五十一於刃切印

五十二古案切𣪊讀若[illegible]

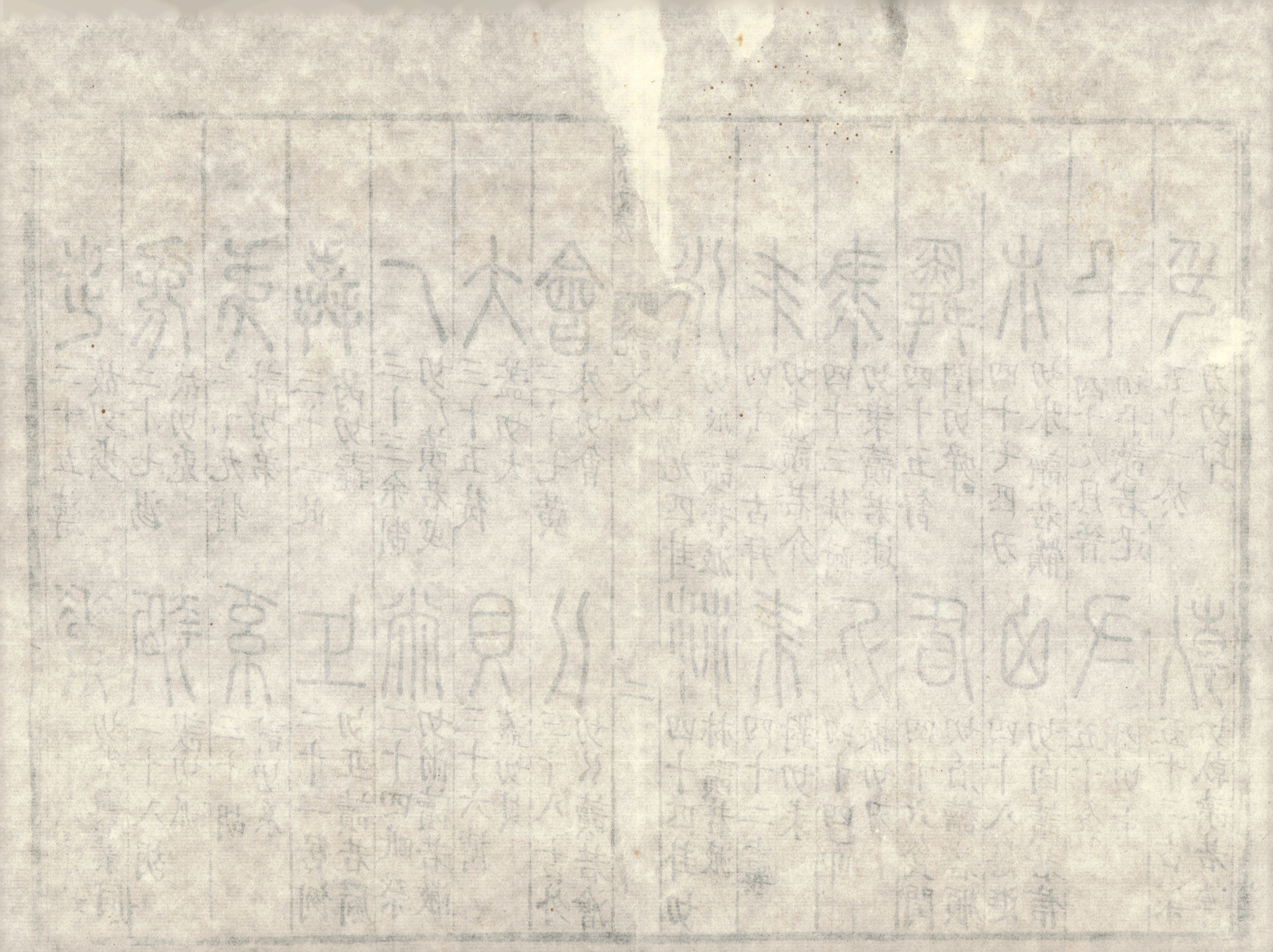

五十三博 慢切半

五十四七 亂切爨

五十五得 案切旦

五十六蒲莧 切釆讀若辨

五十七古 甸切見

五十八於 [illegible]切[illegible]

五十九匹 見切片

六十[illegible] [illegible]切百

六十一弋笑 切覞讀若耀

六十二古 弔切敫

六十三莫 教切皃

六十四胡 到切号

六十五古 奧切告

六十六莫報 切冃與冒同

六十七則 箇切左

六十八吾 貨切[illegible]

六十九呼訝 切襾讀若[illegible]

七十衣 [illegible]切亞

七十一呼跨 切匕讀若化

七十二甫 妄切放

七十三丑 [illegible]切[illegible]

七十四渠慶 切誩讀若競

七十五之 盛切正

七十六于 救切又

七十七許救 切嘼讀若嗅

七十八古 候切冓

七十九莫 候切戊

八十都豆 切鬥讀若鬭

豆 八十一徒候切豆　欠 八十二去劒切欠

㝱 一寐而有覺也从宀从疒夢聲周禮以日月星辰占六㝱之吉凶一曰正㝱二曰𡪧㝱三曰思㝱四曰悟㝱五曰喜㝱六曰懼㝱凡㝱之屬皆从㝱 莫鳳切

𥨍 孰寐也从㝱省水聲讀若悸求癸切　𥧌 寐而未厭从㝱省米聲莫禮切

𥨊 病臥也从㝱省𡨦省聲七荏切 ○ 寐 臥也从㝱省未聲蜜二切

㝲 楚人謂寐曰㝲从㝱省女聲依倨切　寤 寐覺而有信曰寤从㝱省吾聲一曰晝見而夜㝱也五故切

𡬋 籀文寤　寱 瞑言也从㝱省臬聲牛例切

寎 臥驚病也从㝱省丙聲皮命切 ○ 寣 臥驚也一曰小兒號寣寣一曰河內相評也从㝱省从言火滑切

文十　重一

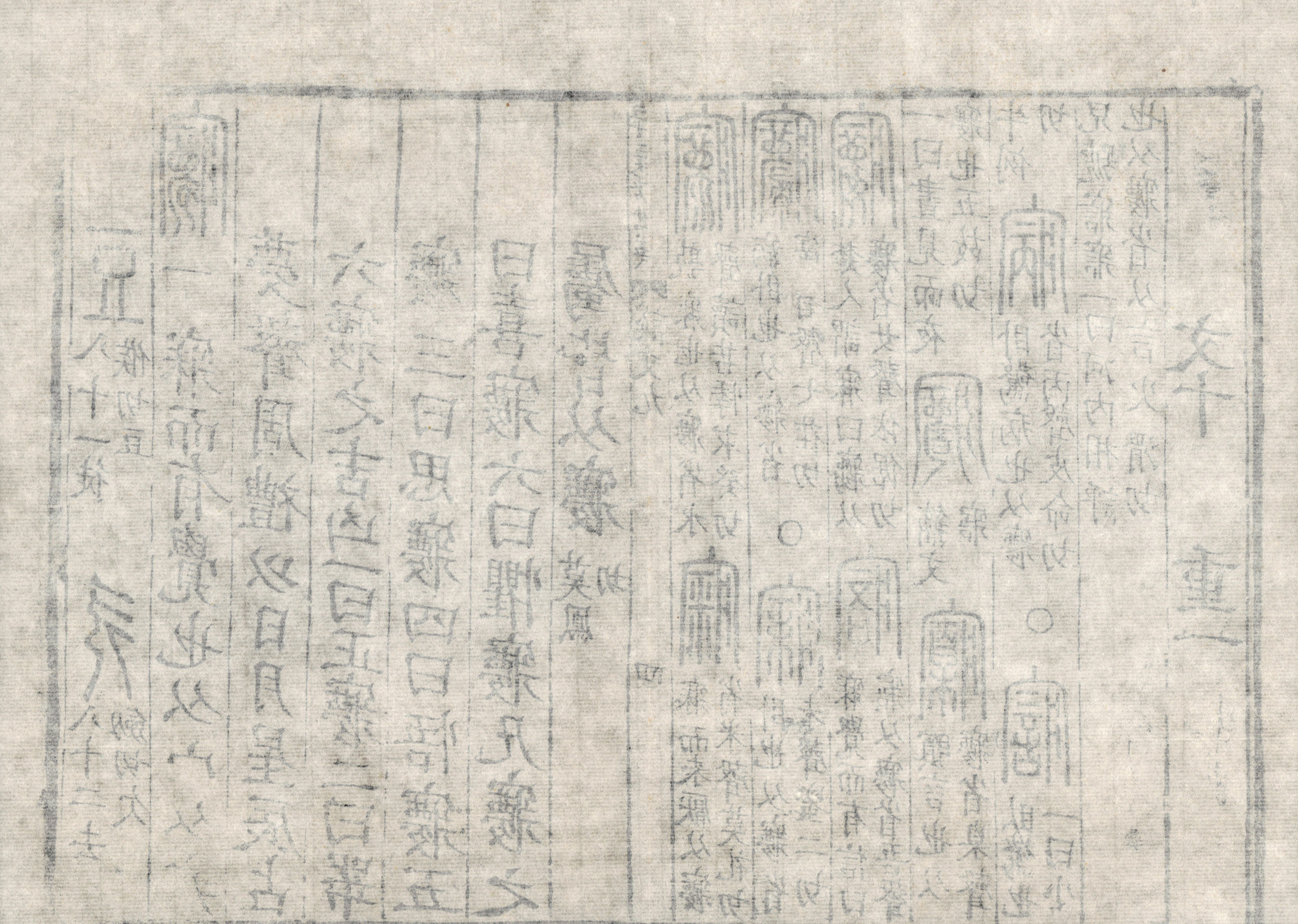

文十　重一

用 二 可施行也从卜从中衞宏說凡用之屬皆从用 臣鉉等曰卜中乃可用也余訟切

古文用

庸 用也从用从庚庚更事也易曰先庚三日余封切

○

甫 男子美稱也从用父父亦聲方矩切

○

葡 具也从用苟省 臣鉉等曰苟急敕也會意平祕切

甯 所願也从用寧省聲乃定切

文五 重一

重 二 厚也从𡈼東聲凡重之屬皆从重 徐鍇曰𡈼者人在土上故爲厚也柱用切

量 稱輕重也从重省曏省聲呂張切

古文量

文二 重一

共 四 同也从廿廾凡共之屬皆从共 渠用切

古文共

龔 給也从共龍聲俱容切

文二　重一

𨛜　五　鄰道也从邑从𨙨凡𨛜之屬皆从𨛜闕　胡絳切今變隸作䢼

鄉　國離邑民所封鄉也嗇夫別治封圻之內六鄉六卿治之从𨛜皀聲　許良切

𨟆　里中道从𨛜从共皆在邑中所共也　胡絳切　巷　篆文从𨛜省

文三　重一

朿　六　木芒也象形凡朿之屬皆从朿讀若刺　七賜切

棗　羊棗也从重朿　子皓切

棘　小棗叢生者从並朿　己力切

文三

至　七　鳥飛从高下至地也从一一猶地也象形不上去而至下來也凡至之屬皆从至　脂利切　𡉀　古文至

臺　觀四方而高者从至从之从高省與室屋同意　徒哀切

臻　至也从至秦聲

文二　重一

五　道也从品从侖凡龠之屬皆从龠

文三　重一

朩　六　木芒也象形凡朩之屬

文三

至　七　鳥飛从高下至地也从一一猶地也象形不上去而至下來也凡至之屬皆从至

側詵切○臸忿戾也从至至而復遜遜遁也周書曰有夏氏之民叨臸臸讀若摯丑利切

𦤶至也从至力聲都悼切○臸到也从二至人質切

文六　重一

示天垂象見吉凶所以示人也从二二古文上字三垂日月星也觀乎天文以察時變示神事也凡示之屬皆从示神至切

𡔈古文示

禔安福也从示是聲易曰禔既平市支切

褫福也从示虒聲息移切

祇地祇提出萬物者也从示氏聲巨支切

祗敬也从示氏聲旨移切

祠春祭曰祠品物少多文詞也从示司聲仲春之月祠不用犧牲用圭璧及皮幣似茲切

禧禮吉也从示喜聲許其切

祺吉也从示其聲渠之切

禥籀文从基

祈求福也从示斤聲渠稀切

祡燒柴焚燎以祭天神从示此聲虞書曰至于岱宗祡仕皆切

𥛚古文祡从隋省

齋戒潔也从示齊省聲側皆切

𩐁籀文齋从襲省襲音禱

禖祭也从示某聲莫桮切

禷

[illegible]

文[illegible]　重一

示　天垂象見吉凶所以示人也从二（古文上字）三垂日月星也觀乎天文以察時變示神事也凡示之屬皆从示　神至切

𠕁　古文示

[illegible]

祠　春祭曰祠品物少多文詞也从示[illegible]月祠不用犧牲用圭璧及皮幣[illegible]

[illegible]

宗廟奏祴樂从示戒聲古哀切 禛 以眞受福也从示眞聲側鄰切 神

天神引出萬物者也从示申食鄰切 禋 潔祀也一曰精意以享為禋从示垔聲於眞切

𥛟 籀文从宀 ○ 祆 胡神也从示天聲火千切 祧 遷廟

也从示兆聲他彫切 祅 地反物為祅也从示芺聲於喬切 禓 道上祭从示昜

聲与章切 祥 福也从示羊聲似羊切一云善 禳 磔禳祀除癘殃也古者燧人

禜子所造从示襄聲汝羊切 鬃 門內祭先祖所以徬徨从示彭聲詩曰祝祭于鬃補肯切

祊 鬃或从方 禎 祥也从示貞聲陟盈切 祲 精氣感祥从示侵省

聲春秋傳曰見赤黑之祲子林切 ○ 祪 祔祪祖也从示危聲過委切 𥙊

以豚祠司命从示比聲漢律曰祠𥙊司命卑履切 祀 祭無已也从示巳聲詳里切 禩

祀或从異 祉 福也从示止聲敕里切 禦 祀也从示御聲魚舉切 䙀

祭具也从示胥聲私呂切 祖 始廟也从示且聲則古切 祜 上諱臣鉉

等曰此漢安帝名也福也當从示古聲侯古切 禮 履也所以事神致福也从示从豊豊亦

聲靈啓切 𠃞 古文禮 禰 親廟也从示爾聲一本云古文䙝也泥米切 祳

社肉盛以蜃故謂之祳天子所以親遺同姓从示辰聲春秋傳曰石尚來歸祳時忍切 祰

告祭也从示从告聲苦浩切
禱 告事求福也从示壽聲都浩切
𥜽 禱或省
𥜶 籀文禱
禂 禱牲馬祭也从示周聲詩曰既禡既禂都皓切
䮞 或从馬壽省聲
禍 害也神不福也从示咼聲胡果切
社 地主也从示土春秋傳曰共工之子句龍爲社神周禮二十五家爲社各樹其土所宜之木常者切
𡔖 古文社
禫 除服祭也从示覃聲徒感切
○
祟 神禍也从示从出雖遂切
𥜎 籀文祟从𩐌省
禷 以事類祭天神从示類聲力遂切
祕 神也从示必聲兵媚切
祔 後死者合食於先祖从示付聲符遇切
祚 福也从示乍聲臣鉉等曰凡祭必受胙胙即福也此字後人所加徂故切

禘 諦祭也从示帝聲周禮曰五歲一禘特計切
祭 祭祀也从示以手持肉子例切
𥛧 數祭也从示毳聲讀若舂麥爲毳之毳臣鉉等曰舂麥爲毳今無此語且非異文所未詳也此芮切
禬 會福祭也从示从會會亦聲周禮曰禬之祝號古外切
祼 灌祭也从示果聲古玩切
祘 明視以筭之从二示逸周書曰士分民之祘均分以祘之也讀若筭蘇貫切
禪 祭天也从示單聲時戰切
禡 師行所止恐有慢其神下而祀之曰禡从示馬聲周禮曰禡於所征之地莫駕切
禜 設緜蕝爲營以禳風雨雪霜水旱癘疫於日月

星辰山川也从示榮省聲一曰禜衛使灾不生禮記曰雩禜祭水旱爲命切

祐 助也从示右聲于救切

𥛚 祝𥛚也从示畱聲力救切

禁 吉凶之忌也从示林聲居蔭切

○

祿 福也从示彔聲盧谷切

福 祐也从示畐聲方六切

祝 祭主贊詞者从示从人口一曰从兌省易曰兌爲口爲巫之六切

祓 除惡祭也从示犮聲敷勿切

祮 祀也从示昏聲古末切

礿 夏祭也从示勺聲以灼切

祏 宗廟主也周禮有郊宗石室一曰大夫以石爲主从示从石石亦聲常隻切

祫 大合祭先祖親疏遠近也从示合周禮曰三歲一祫侯夾切

文六十三　重十三

文四　新附

二 九

地之數也从偶凡二之屬皆从二而至切

弍 古文

亘 求亘也从二从回回古文回象亘回形上下所求物也徐鍇曰回風回轉所以宣陰陽也須緣切

恆 常也从心从舟在二之間上下心以舟施恒也胡登切

亙 古文恒从月詩曰如月之恒

凡 最括也从二二偶也从了了古文及浮芝切

○

竺

厚也从亖竹聲冬毒切

亟 敏疾也从人从口从又从二二天地也徐鍇曰承天之時因地之利口謀之手執之時不可失疾也紀力切又去吏切

文六　重二

四 十 陰數也象四分之形凡四之屬皆从四息利切 古文四 籒文四

文一　重二

自 十一 鼻也象鼻形凡自之屬皆从自疾二切 古文自

臱 宀宀不見也闕武延切

文二　重一

白 十二 此亦自字也省自者詞言之气从鼻出與口相助也凡白之屬皆从白疾二切

皆 俱詞也从比从白古諧切

𠷎 詞也从白𠃬聲𠃬與疇同虞書帝曰𠷎咨直由切

白 此亦自字也。省自者，詞言之气从鼻出，與口相助也。[illegible]

凡白之屬皆从白 疾二切

[illegible] 十 [illegible] 與口 [illegible]

文三 重一

[illegible]

文二 重二

四 十 陰數也。象四分之形。凡四之屬皆从四。息利切 𦉭 古文四 亖 籀文四

文大 重二

[illegible]

大

○魯 鈍詞也从白𩵋省聲論語曰參也魯郎古切 者 別事詞也从白𣳾聲𣳾古文旅字之也切

○𥏫 識詞也从白从亐从知知義切 [seal] 古文𥏫

○百 十十也从一白數十百爲一貫相章也博陌切 [seal] 古文百从自

文七　重二

㣇 十三 脩豪獸一曰河內名豕也从彑下象毛足凡㣇之屬皆从㣇讀若弟羊至切 [seal] 籀文 [seal] 古文

○豪 豕鬣如筆管者出南郡从㣇高聲乎刀切 [seal] 籀文从豕 臣鉉等曰今俗別作毫非是

○𧰲 㣇屬从二㣇 [seal] 古文𧰲 虞書曰𧰲類于上帝

○彙 蟲似豪豬者从㣇胃省聲于貴切 [seal] 或从虫

○[seal] 豕屬从㣇𦣻聲呼骨切

文五　重五

鼻 十四 引气自畀也从自畀凡鼻

文七 重三

脩豪獸一曰河內名豕也

从彑下象毛足凡㣇之屬皆从㣇

文五 重五

之屬皆从鼻父二切

鼽 病寒鼻窒也从鼻九聲巨鳩切

○

齂 臥息也从鼻隶聲讀若虺許介切

鼾 臥息也从鼻干聲讀若汗侯幹切

齅 以鼻就臭也从鼻从臭臭亦聲讀若畜牲之畜許救切

文五

比 十五 密也二人爲从反从爲比凡比之屬皆从比毗二切

[古文] 古文比

毖 慎也从比必聲周書曰無毖于恤兵媚切

文二　重一

異 十六 分也从廾从畀畀予也凡異之屬皆从異徐鍇曰將欲與物先分異之也禮曰賜君子小人不同日羊吏切

戴 分物得增益曰戴从異𢦏聲都代切

[籀文] 籀文戴

文二　重一

未 七十 味也六月滋味也五行木老於未象木重枝葉也凡未之屬皆从未 無沸切

文一

气 八十 雲气也象形凡气之屬皆从气 去既切

氛 祥气也从气分聲 符分切

雰 氛或从雨

文一 重一

旡 九十 㱃食气屰不得息曰旡从反欠凡旡之屬皆从旡 居未切 今變隸作旡

古文旡

旤 屰惡驚詞也从旡咼聲讀若楚人名多夥 乎果切

○

琼 事有不善言琼也爾雅琼薄也从旡京聲 力讓切 臣鉉等曰今俗隸書作亮

文三 重一

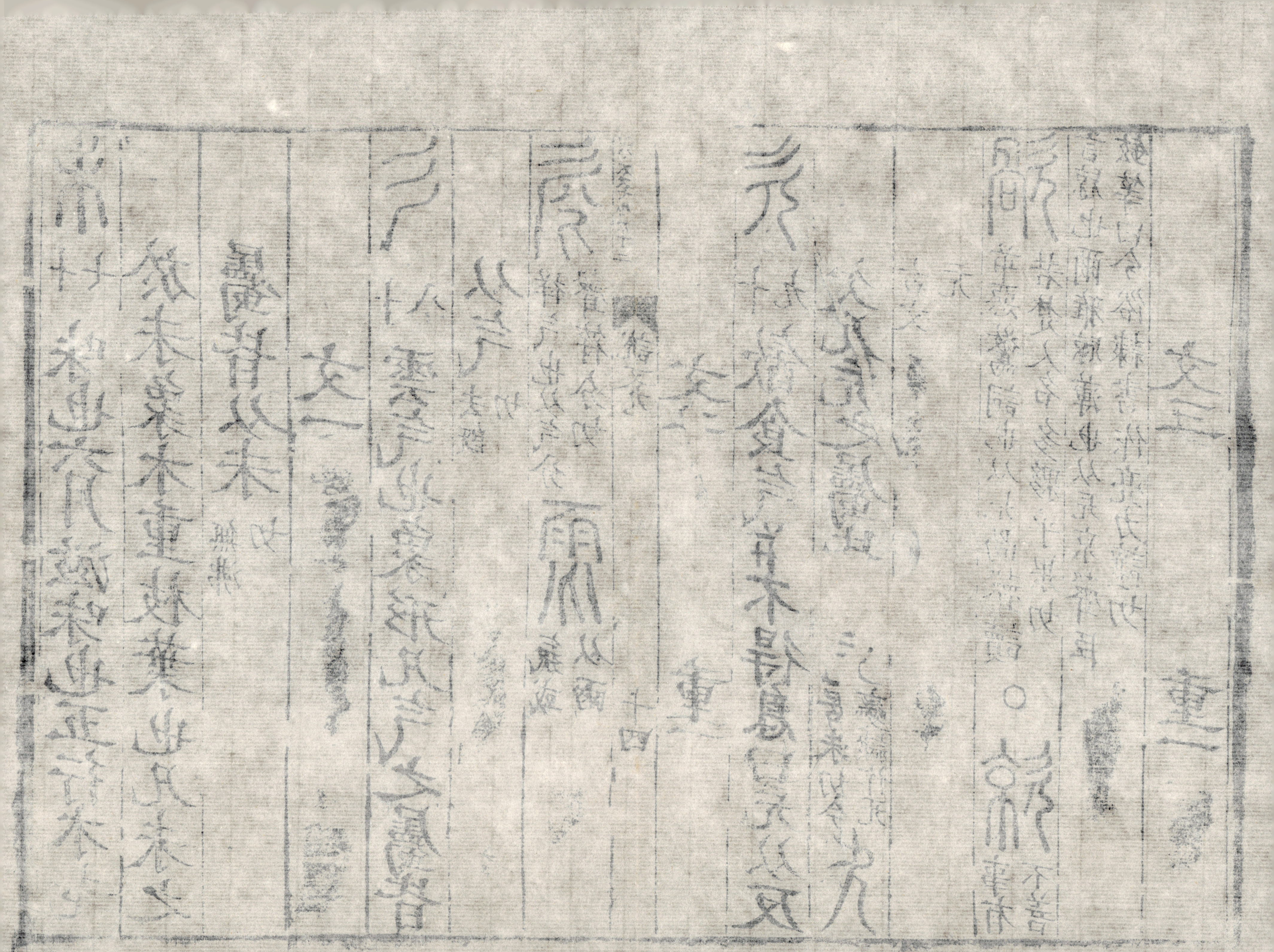

文二　重一

[illegible] 事有不善 [illegible]

旡 [illegible] 食气屰不得息曰旡从反欠 [illegible]

文 [illegible]　重一

[illegible] 十四

文一

[illegible] 从禾 [illegible]

[illegible] 从禾木重枝葉也凡禾之 [illegible]

[illegible] 十 [illegible] 木 [illegible] 也 [illegible] 象 [illegible] 也 [illegible] 木 [illegible]

去 二十 人相違也从大凵聲凡去之屬皆从去 丘據切

□ 去也从去夌聲讀若陵 力膺切 ○ 朅 去也从去曷聲 丘竭切

文三

句 二十一 曲也从口丩聲凡句之屬皆从句 古侯切又九遇切

拘 止也从句从手句亦聲 舉朱切 ○ 鉤 曲也从金从句句亦聲 古侯切 ○

笱 曲竹捕魚笱也从竹从句句亦聲 古厚切

文四

䀠 二十二 左右視也从二目凡䀠之屬皆从䀠讀若拘又若良士瞿 瞿 九遇切

□ 目衺也从䀠从大大人也 舉朱切 ○ □ 目圍也从䀠丿讀若書卷之卷古文以為醜字 居倦切

[篆]十人[illegible]也从[illegible]口[illegible]

者从夫 [illegible]

[篆] 讀若[illegible] ○ [篆] [illegible]

文三

白 二十 [illegible]凡白之屬

皆从白 [illegible]

[篆] [illegible]从比从白 ○ [篆] [illegible]从白魚聲 ○

古文 [illegible] 十五

[篆] [illegible]

文四

䀠 二十 左右視也从二目凡䀠之屬

皆从䀠讀若拘又若良士瞿

瞿 九遇切

奭 [illegible]从皕从大 ○ 皕 [illegible]

[illegible]亦聲 古文以爲醜

文三

瞿 二十三 鷹隼之視也从隹从䀠䀠亦聲凡瞿之屬皆从瞿讀若章句之句 九遇切 又音衢

矍 隹欲逸走也从又持之瞿瞿也讀若詩云穬彼淮夷之穬一曰視遽皃 九縛切

文二

壴 二十四 陳樂立而上見也从屮从豆凡壴之屬皆从壴 中句切

嘉 美也从壴加聲 古牙切

彭 鼓聲也从壴彡聲臣鉉等曰當从彡省乃得聲 薄庚切

○ 尌 立也从壴从寸持之也讀若駐 常句切

○ 鼜 夜戒守鼓也从壴蚤聲禮昏鼓四通為大鼓夜半三通為戒晨旦明五通為發明讀若戚 倉歷切

文五

步 二十五 行也从止少相背凡步之屬皆从步 薄故切

屬皆从步 以讀[illegible]

步 五十 行也从止㞢相背凡步之

文二

[illegible]

[illegible]

此 [illegible]

[illegible] ○ 此 [illegible] ○ [illegible]

壴 [illegible]

凡壴之屬皆从壴 以中[illegible]

[illegible]

壴 四十 陳樂立而上見也从屮从豆

文一

[illegible]

[illegible]

登 凡[illegible]之屬[illegible]从[illegible] [illegible]

[illegible] 二十 [illegible]年之[illegible]也从隹从朋朋亦

文三

[illegible]

歲 木星也越歷二十八宿宣徧陰陽十二月一次从步戌聲律歷書名五星爲五步相銳切

文二

素 二十六 白緻繒也从糸𠂹取其澤也凡素之屬皆从素 桑故切

⿰素爰 繛也从素爰聲胡玩切

緩 ⿰素爰或省 ○

⿰素收 素屬从素收聲居玉切

⿰素率 素屬从素率聲所律切

⿰素勺 白⿰素勺縞也从素勺聲以灼切

繛 ⿰素勺也从素卓聲昌約切

綽 繛或省

文六 重二

兔 二十七 獸名象踞後其尾形兔頭與㲋頭同凡兔之屬皆从兔 湯故切

⿰夋兔 狡兔也从兔夋聲七旬切 ○

冤 屈也从兔从冂兔在冂下不得走益屈折也於袁切 ○

娩 兔子也娩疾也从女兔芳萬切 ○

⿱兔⿰兔兔 疾也从三兔闕芳遇切

逸 失也从辵兔兔謾訑善逃也夷質切

文五　文一新附

瓠 二十八 匏也从瓜夸聲凡瓠之屬皆从瓠 胡誤切

瓢 蠡也从瓠省 票聲符宵切

文二

弟 二十九 韋束之次弟也从古字之象凡弟之屬皆从弟 特計切

弟 古文弟从古文韋省丿聲

罤 周人謂兄曰罤从弟从眔 臣鉉等曰 眔目相及也兄弟親比之義古䰟切

文二 重一

系 三十 繫也从糸丿聲凡系之屬皆从系 胡計切

𣫿 系或从毄處

𦃃 籀文系从爪絲

文二 重二

孫 子之子曰孫从子从系系續也 思魂切

○

緜 聯微也从系从帛 武延切

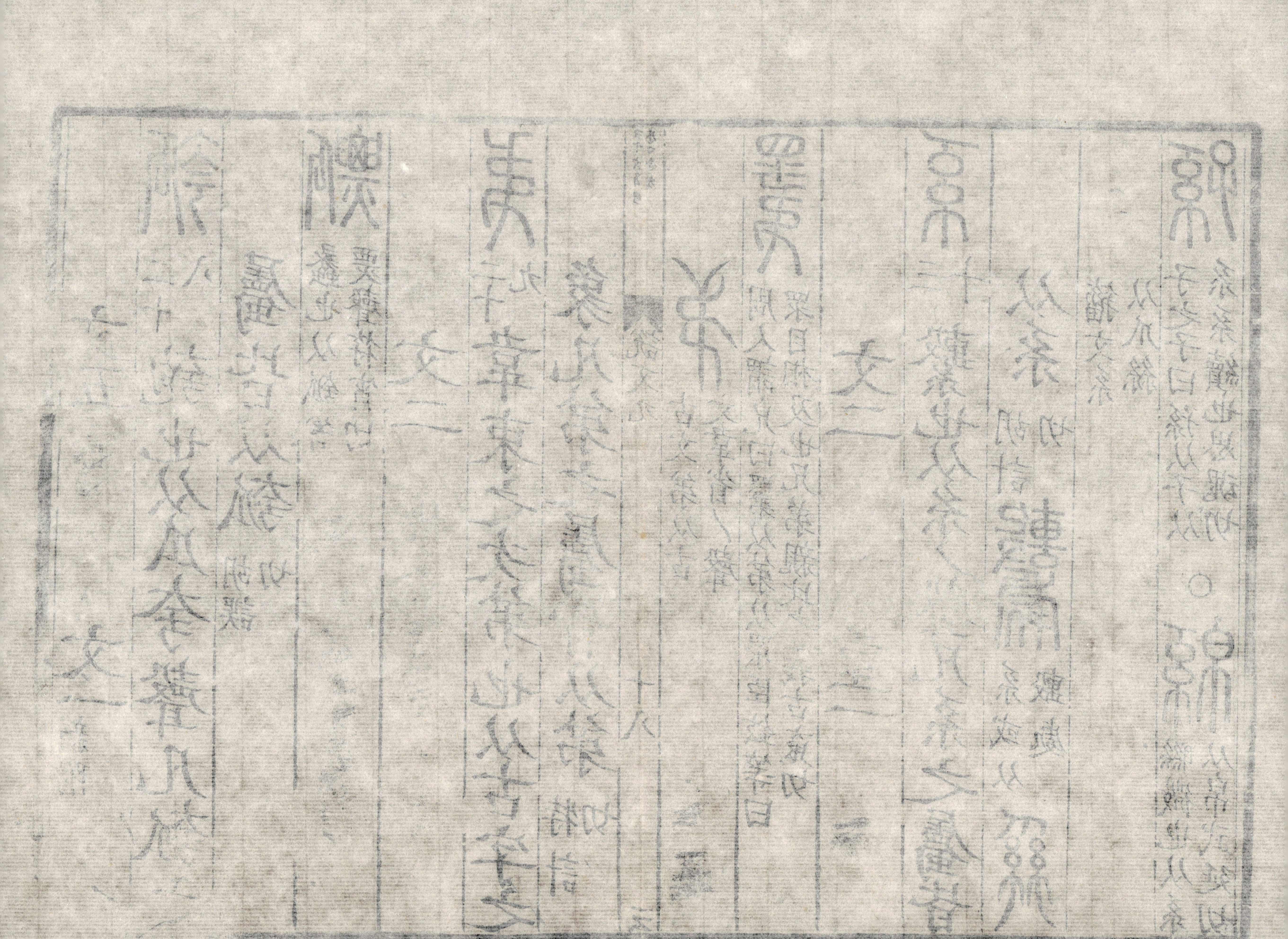

䌛 隨從也从系䚻聲 臣鉉等曰今俗从䍃余招切

文四　重二

毳 三十一 獸細毛也从三毛凡毳之屬皆从毳 此芮切

𣯍 毛紛紛也从毳非聲 甫微切

文二

彑 三十二 豕之頭象其銳而上見也凡彑之屬皆从彑讀若罽 居例切

𧰨 豕也从彑下象其足讀若瑕 乎加切

○ 彘 豕也後蹏廢謂之彘从彑矢聲从二匕彘足與鹿足同 直例切

○ 彖 豕也从彑从豕讀若弛 式視切

彖 豕走也从彑从豕省 通貫切

文五

丿 三十三 抴也明也象抴引之形凡丿之屬皆从丿虒字从此 徐鍇曰象丿而不舉

首余制切

弋 橜也象折木衺銳著形从厂象物挂之也與職切

文二

㡀 三十四 敗衣也从巾象衣敗之形凡㡀之屬皆从㡀 毗祭切

敝 帗也一曰敗衣从攴从㡀㡀亦聲毗祭切

文二

大 三十五 天大地大人亦大故大象人形古文大他達切也凡大之屬皆从大 徒蓋切

夷 平也从大从弓東方之人也以脂切

奃 大也从大氐聲讀若氐都兮切

奎 兩髀之間从大圭聲苦圭切

⿱大屯 大也从大屯聲讀若鶉常倫切

⿱大亘 奢查也从大亘聲胡官切 ○

夸 奢也从大于聲苦瓜切

⿱大瓜 ⿱大瓜大也从大瓜聲烏瓜切 ○

⿱大云 大也从大云聲魚吻切

奄 覆也大有餘也又欠

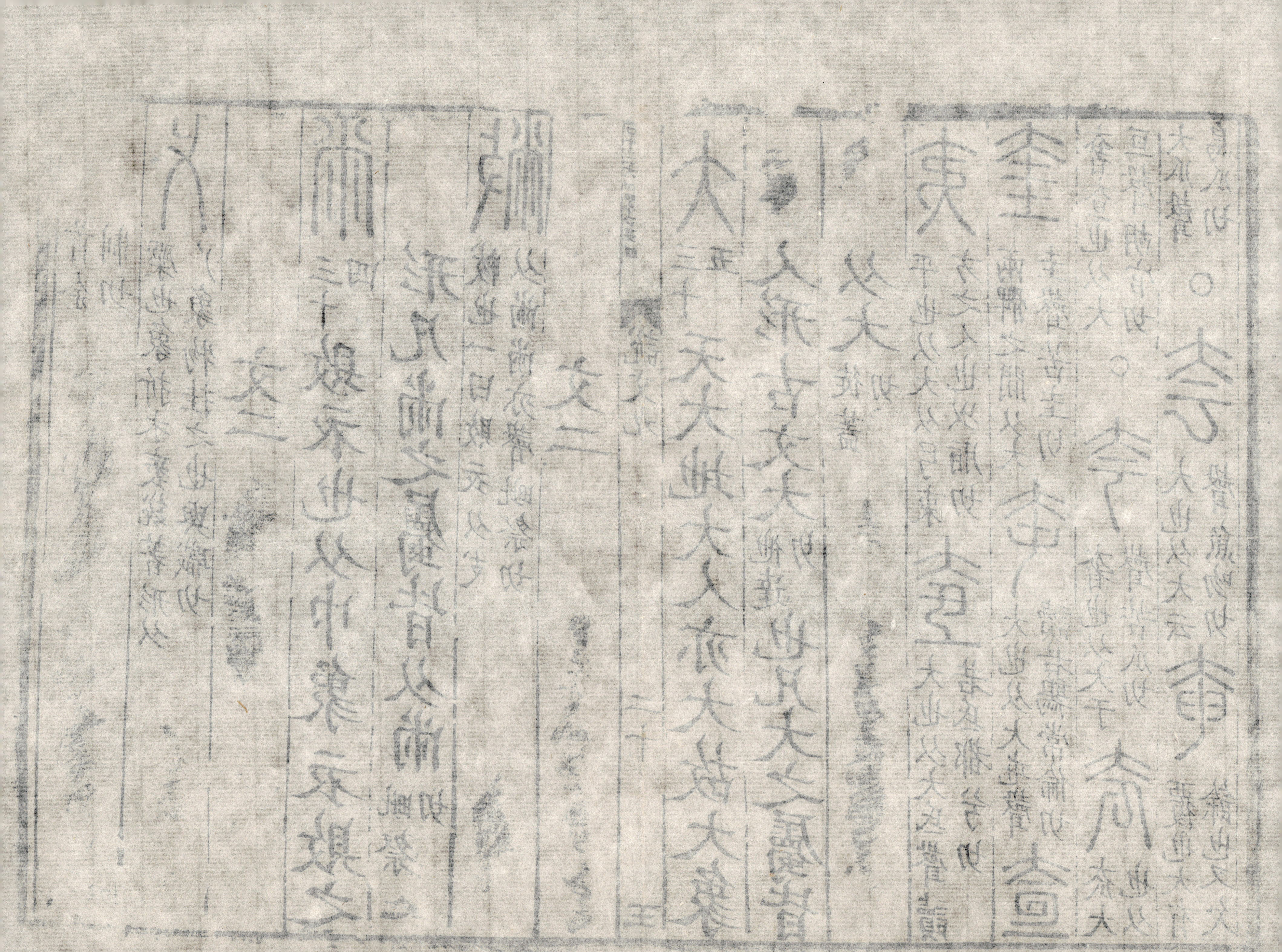

也从大从申申展也依檢切

○契 大約也从大从㓞易曰聖人易之以書契苦計

⿱大介 大也从大介聲讀若蓋古拜切

⿱大此 瞋大也从大此聲火戒切

奅 大也从大卯聲匹貌切

○⿱大弗 大也从大弗聲讀若予違汝弼房密切

⿱大𢦔 大也从大𢦔聲讀若詩戴戴大猷直質切

奯 空大也从大歲聲讀若詩施罟濊濊呼括切

夾 持也从大俠二人古狎切

文十八

貝 三十六 海介蟲也居陸名猋在水名蜬象形古者貨貝而寶龜周而有泉至秦廢貝行錢凡貝之屬皆从貝 博蓋切

吉

賨 南蠻賦也从貝宗聲祖紅切

貲 小罰以財自贖也从貝此聲漢律民不繇貲錢二十二即夷切

資 貨也从貝次聲即夷切

貽 贈遺也从貝台聲經典通用詒与之切

齎 持遺也从貝齊聲祖雞切

財 人所寶也从貝才聲昨哉切

賓 所敬也从貝𡧍聲必鄰切

𡦃 古文

貧 財分少也从貝从分分

賓 所敬也从貝㝊聲 必鄰切 賔 古文 [illegible]

賸 [illegible]持遺也从貝朕聲 [illegible] 以證切 [illegible]

[illegible] 二貨 [illegible] 一十 [illegible]

賚 [illegible] 宗 [illegible] 也从貝 [illegible] 切 [illegible] 貝 [illegible] 近 [illegible] 小 [illegible] 讀 [illegible] 也

貝 文 [illegible] 貝 博蓋切

周而有泉至秦廢貝行錢

名蜬象形古者貨貝而寶龜

[illegible] 貝 [illegible] 二十 [illegible] 吉

貝 六十三 海介蟲也居陸名猋在水

文十八 [illegible]

夾 持也从大俠二人 古狎切

[illegible] 讀若 [illegible] 奯 空大也从大歲聲讀若詩施罟濊濊 呼括切

[illegible] ○ 奄 覆也大有餘也又欠也从大从申申展也 依檢切 奢 [illegible]

[illegible] 夸 奢也从大于聲 苦瓜切 [illegible]

[illegible] ○ 耎 [illegible] 从大 [illegible]

巾切

[illegible] 古文从宀分 ○

賢 多才也从貝臤聲胡田切

賒 貰買也从貝余聲式車切

[illegible] 行賈也从貝商省聲式陽切

賏 頸飾也从二貝烏莖切

贏 有餘賈利也从𣎆聲臣鉉等曰當从𣎆省乃得聲以成切

賕 以財物枉法相謝也从貝求聲一曰戴質也巨留切

貪 欲物也从貝今聲他含切 ○

[illegible] 齎財卜問爲[illegible]从貝疋聲讀若所疏舉切

貯 積也从貝宁聲直呂切

賭 博簺也从貝者聲當古切

賈 賈市也从貝襾聲一曰坐賣售也公戶切

買 市也从网貝孟子曰登壟斷而网市利莫蟹切

賄 財也从貝有聲呼罪切

賑 富也从貝辰聲之忍切

[illegible] 貝聲也从小貝穌果切

賞 賜有功也从貝尚聲書兩切

負 恃也从人守貝有所恃也一曰受貸不償房九切

貶 損也从貝从乏方斂切

○ 貢 獻功也从貝工聲古送切

贛 賜也从貝竷省聲臣鉉等曰竷非聲未詳古送切

[illegible] 籀文贛

賵 贈死者从貝从冒冒者衣衾覆冒之意撫鳳切

賜 予也从貝易聲斯義切

貤 重次弟物也从貝也聲以豉切

[illegible] 資也从貝爲聲或曰此古貨字讀若貴詭偽切

貱 迻予也从貝皮聲彼義切

賁 飾也从貝卉聲彼義切

貳 副益也从貝弍聲弍古文二而至切

費 散財用也

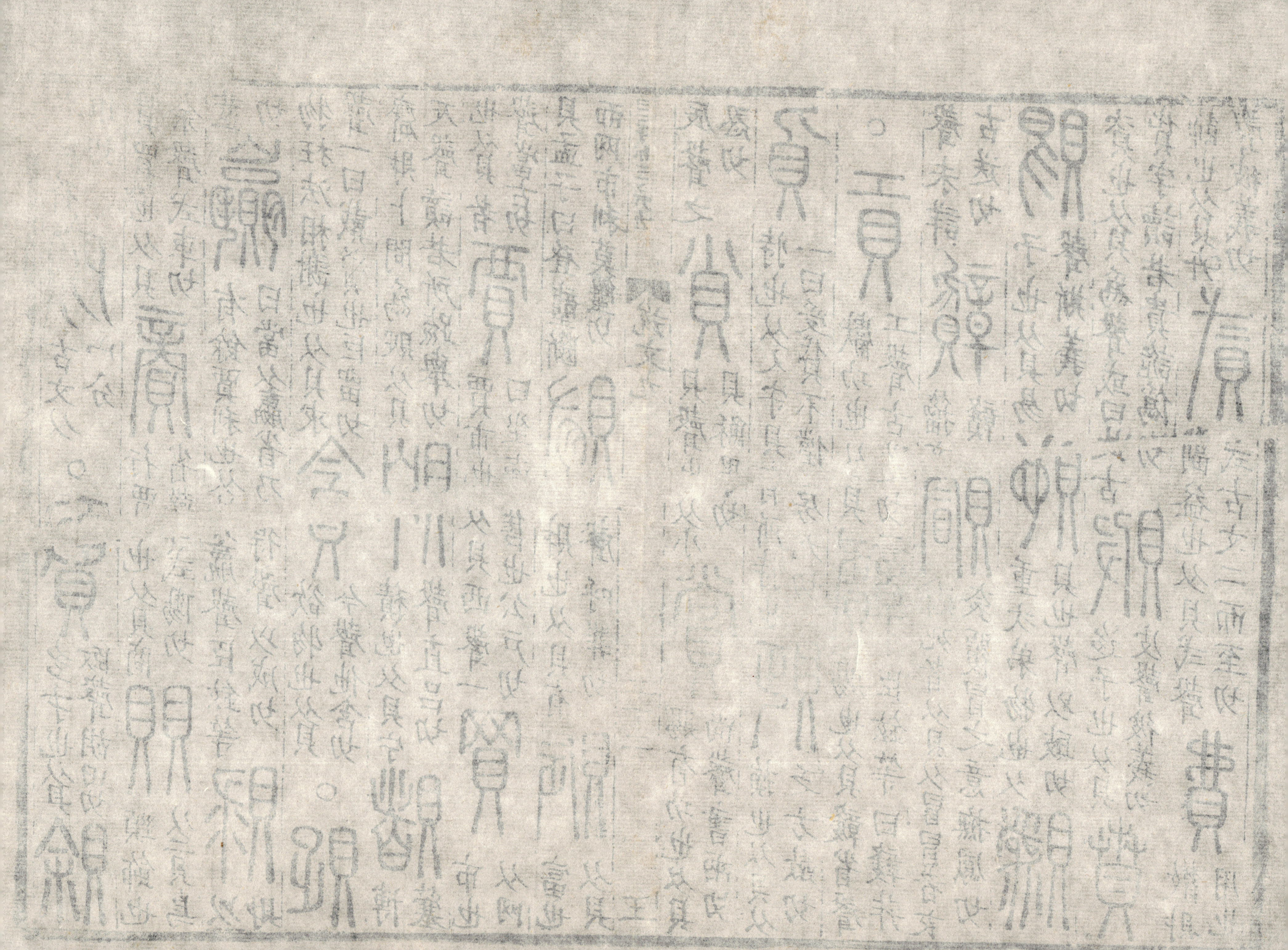

从貝弗聲房未切

貴 物不賤也从貝臾聲臾古文蕢居胃切

賦 欽也从貝武聲方遇切

賻 助也从貝尃聲符遇切

賂 遺也从貝各聲臣鉉等曰當从路省乃得聲洛故切

贅 以物質錢从敖貝敖者猶放貝當復取之也之芮切

賴 贏也从貝剌聲洛帶切

賚 賜也从貝來聲周書曰賚介秬鬯洛帶切

貸 施也从貝代聲他代切

賽 報也从貝塞省聲先代切

賮 會禮也从貝㶳聲徐刃切

販 買賤賣貴者从貝反聲方願切

贎 貨也从貝萬聲無販切

贊 見也从貝从兟臣鉉等曰兟音詵進也執贄而進有司贊相之則旰切

賤 賈少也从貝戔聲才線切

賀 以禮相奉慶也从貝加聲胡箇切

貨 財也从貝化聲呼臥切

貰 貸也从貝世聲神夜切

貺 賜也从貝兄聲許訪切

賸 物相增加也从貝朕聲一曰送也副也以證切

贈 玩好相送也从貝曾聲昨鄧切

購 以財有所求也从貝冓聲古候切

貿 易財也从貝卯聲莫候切

賃 庸也从貝任聲尼禁切

贍 給也从貝詹聲時豔切

重買也錯也从貝廉聲佇陷切

賣 衒也从貝𡕥聲𡕥古文睦讀若育余六切

贖 賀也从貝賣聲殊六切

質 以物相贅从貝从斦闕之日切

求也从貝

求聲側革切

貣 从人求物也从貝弋聲他得切

貼 以物爲質也从貝占聲他叶切

文五十九　重三

文九　新附

會 三十七

合也从亼从曾省曾益也凡會之屬皆从會黃外切

㣛 古文會如此

朇 益也从會卑聲符支切

𣊟 日月合宿爲𣊟从會从辰辰亦聲植鄰切

文三　重一

巜 三十八

水流澮澮也方百里爲巜廣二尋深二仞凡巜之屬皆从巜古外切

粼 水生厓石閒粼粼也从巜粦聲力珍切

文二

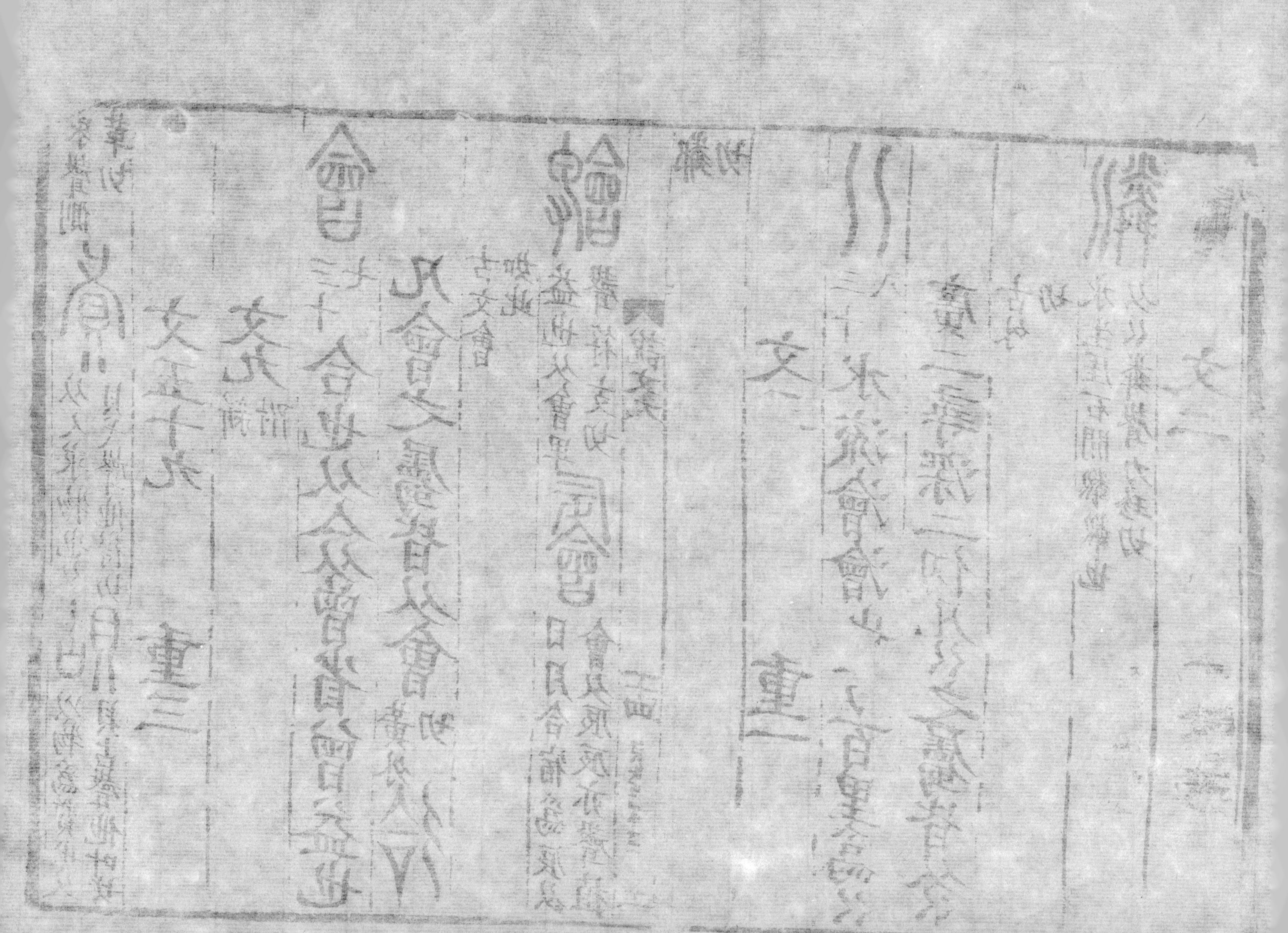

𠂢 三十九 水之衺流別也从反永凡𠂢之屬皆从𠂢讀若稗縣 徐鍇曰永長流也反即分水也 匹卦切

衇 血理分衺行體者从𠂢从血 脈 衇或从肉 䘑 籒文

覛 衺視也从𠂢从見 莫狄切 𧡮 籒文

文三 重三

𣏟 四十 萉之總名也𣏟之爲言微也微纖爲功象形凡𣏟之屬皆从𣏟 匹卦切

䔍 枲屬从𣏟熒省詩曰衣錦䔍衣 去穎切

𣡕 分離也从攴从𣏟𣏟分𣡕之意也 穌旰切

文三

丰 四十一 丰艸蔡也象艸生之散亂也凡丰之屬皆从丰讀若介

也凡𣎳之屬皆从𣎳讀若髕[illegible]

[illegible] 四十[illegible]也象[illegible]生之[illegible]

文三

意[illegible]林林分[illegible]文 [illegible]

[illegible] 曰求[illegible]从林[illegible]去[illegible]詩

[illegible]从林四[illegible]

○ [illegible] [illegible]

[illegible]也[illegible]爲功象形凡林之屬

[illegible]文九 一千五 [illegible]

[illegible] 四十 [illegible]之[illegible]也林之[illegible]

文三 重二

[illegible]

[illegible] [illegible]文 [illegible]

[illegible]

[illegible]

文[illegible]从[illegible]皆从[illegible]

古拜切

⿰丯各 枝格也从丯各聲 古百切

文二

耒 四十二 手耕曲木也从木推丯古者垂作耒梠以振民也凡耒之屬皆从耒 盧對切

⿰耒圭 冊叉可以劃麥河內用之从耒圭聲 古攜切

⿰耒員 除苗間穢也从耒員聲 羽文切

說文九 二十六 王

耘 ⿰耒員或从芸 ○

耕 犂也从耒井聲一曰古者井田 古莖切 ○

耦 耒廣五寸為伐二伐為耦从耒禺聲 五口切 ○

耡 商人七十而耡耡耤稅也从耒助聲周禮曰以興耡利萌 牀倨切 ○

耤 帝耤千畝也古者使民如借故謂之耤从耒昔聲 秦昔切

文七 重一

隶 四十三 及也从又从尾省又持尾者从後及之也凡隶之屬皆从隶

徒耐切

隸 附著也从隶柰聲郎計切 隸 篆文隸从古文之體臣鉉等未詳古文所出

○隸 及也从隶枲聲詩曰隸天之未陰雨臣鉉等曰枲非聲未詳徒耐切

文二 重一

刃 四十四 刀堅也象刀有刃之形凡刃之屬皆从刃 而振切

刅 傷也从刃从一 楚良切 創 或从刀倉聲臣鉉等曰今俗別作瘡非是○

劒 人所帶兵也从刃僉聲 居欠切 劍 籒文劒从刀

文三 重二

舜 四十五 艸也楚謂之葍秦謂之藑蔓地連華象形从舛舛亦聲凡舜之屬皆从舜 舒閏切今隸變作舜

䑞 古文舜

⿰舜生 華榮也从舜生聲讀若皇爾雅曰⿰舜生華也戶光切 䕼 ⿰舜生或从艸皇

[illegible]

[illegible] 秦 [illegible]

○ [illegible]

文一　重一

[illegible] 四四十 [illegible]

[illegible]

[illegible] 籀文 [illegible]

文三　重二

舜 五四十 艸也楚謂之葍秦謂之藑蔓地連華象形从舛舛亦聲凡舜之屬皆从舜 舒閏切 今隸變作舜

𦱶 古文

𩏂 華榮也从舜生聲讀若皇爾雅曰𩏂華也 𦻏 𩏂或从艸皇

文二　重二

盾　四十六　瞂也所以扞身蔽目象形凡盾之屬皆从盾　食閏切

䀨　盾握也从盾圭聲　苦圭切　○　瞂　盾也从盾犮聲　扶發切

文三

朩　四十七　分枲莖皮也从屮八象枲之皮莖也凡朩之屬皆从朩讀若髕　匹刃切

枲　麻也从朩台聲　胥里切　○　𣏟　籀文枲从辝

文二　重一

囟　四十八　頭會匘蓋也象形凡囟之屬皆从囟　息進切　○　顖　或从肉宰　○　𠀔　古文囟字

毗　人臍也从囟囟取气通也从比聲　房脂切　○

巤　毛巤也象髮在囟上

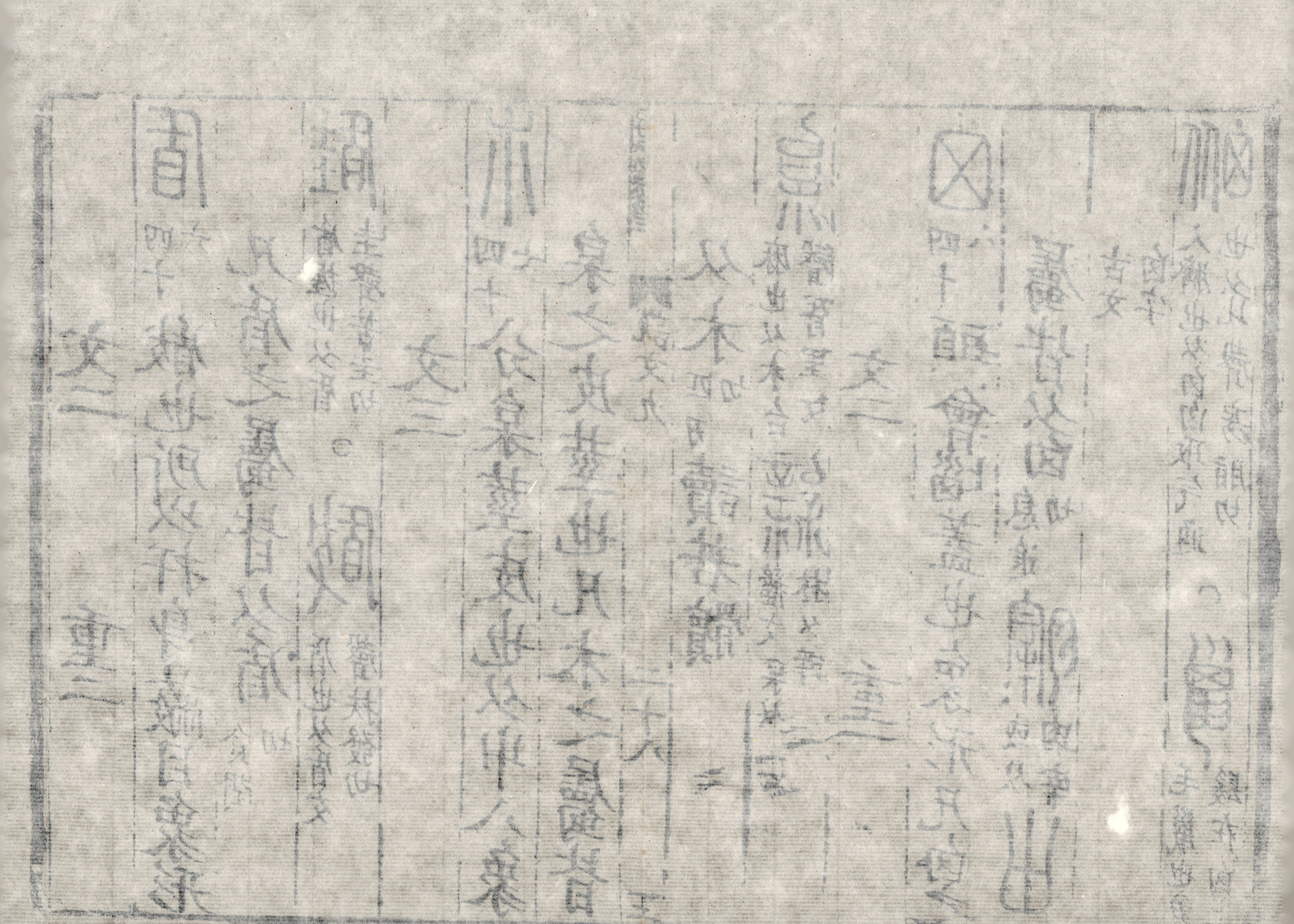

及毛髮巤巤之形此與籀文子字同良涉切

文三　重二

卂　四十九　疾飛也从飛而羽不見凡卂之屬皆从卂　息晉切

煢　回疾也从卂營省聲渠營切

文二

寸　五十　十分也人手卻一寸動𧖴謂之寸口从又从一凡寸之屬皆从寸　倉困切

尃　布也从寸甫聲芳無切○

專　六寸簿也从寸叀聲一曰專紡專職緣切

尋　繹理也从工从口从又从寸工口亂也又寸分理之彡聲此與𤔔同意度人之兩臂爲尋八尺也徐林切○

導　導引也从寸道聲徒皓切○

寺　廷也有法度者也从寸之聲祥吏切

將　帥也从寸牆省聲即諒切

文七

文三　重一

印 一九十 執政所持信也从爪从卪凡印之屬皆从印 於刃切

𢑏 按也从反印 於棘切 抑 俗从手

文二 重一

倝 五十二 日始出光倝倝也从旦㫃聲凡倝之屬皆从倝 古案切

朝 旦也从倝舟聲 陟遙切 𩠐 闕

文三

半 五十三 物中分也从八从牛牛爲物大可以分也凡半之屬皆从半 博幔切

胖 半體肉也一曰廣肉从半从肉半亦聲 普半切

叛 半也从半反聲 薄半切

文三

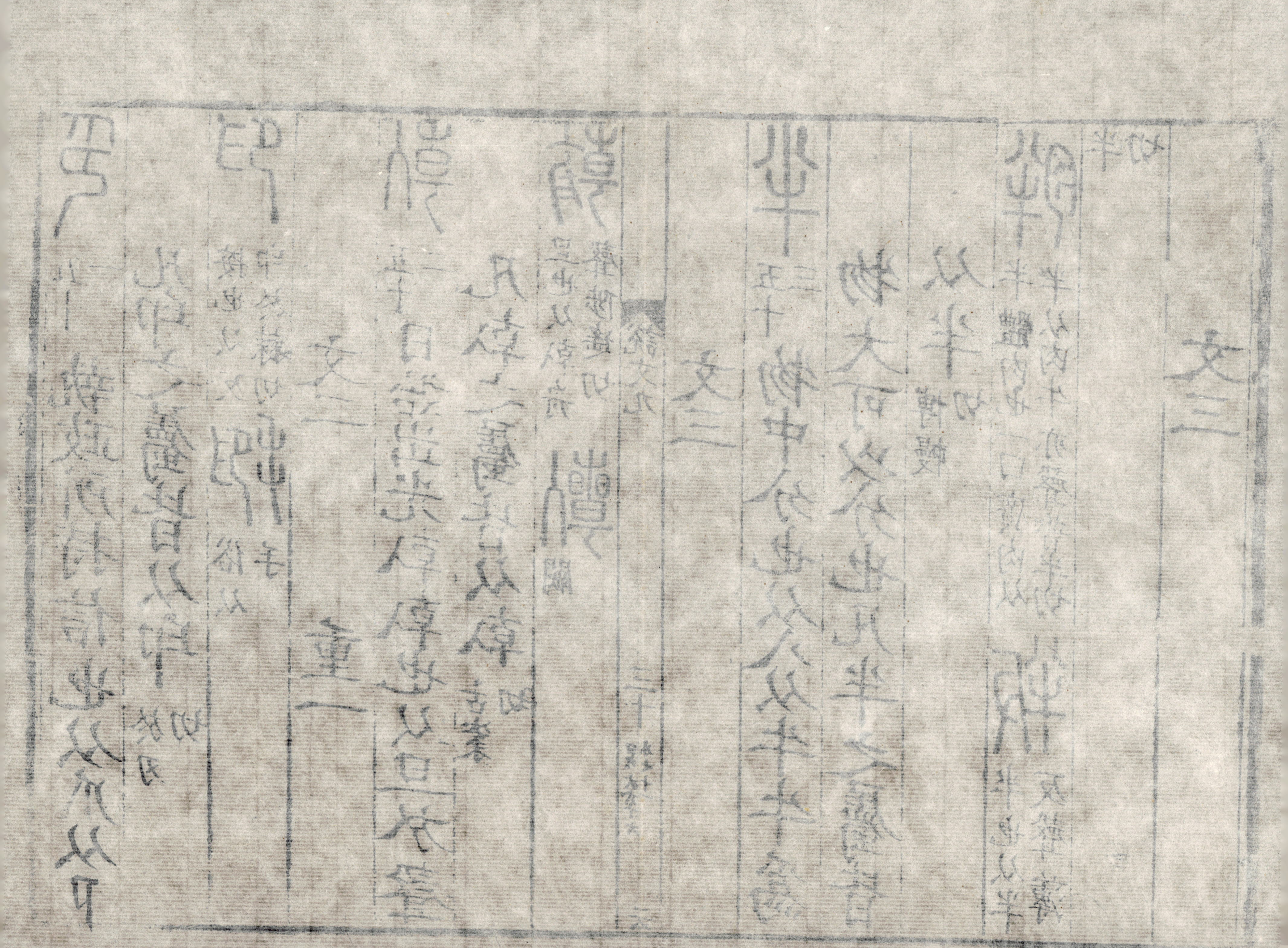

文三

文三

文二 重一

五十四 爨 齊謂之炊爨𦥑象持甑冂爲竈口廾推林内火凡爨之屬皆从爨 七亂切

籀文爨省

所以枝鬲者从爨省鬲省 渠容切

○

血祭也象祭竈也从爨省从酉酉所以祭也从分分亦聲 臣鉉等曰分布也 虛振切

文三 重一

五十五 明也从日見一上一地也凡旦之屬皆从旦 得案切

日頗見也从旦旣聲 其冀切

文二

五十六 辨別也象獸指爪分別也凡釆之屬皆从釆讀若辨 蒲莧切

古文釆

獸足謂之番从釆田象其掌 附袁切

番或从足从煩

番 ○

宷 悉也知宷諦也从宀从釆徐鍇曰宀覆也釆別也包覆而深別之宷悉也式荏切

審 篆文宷从番 ○

悉 詳盡也从心从釆息七切

𢇍 古文悉

釋 解也从釆釆取其分別物也从睪聲賞職切

文五　重五

見 五十七 視也从儿从目凡見之屬皆从見古甸切

𧠣 突前也从見冃臣鉉等曰冃重覆也犯冃而見是突前也莫紅切

𧡾 視不

明也一曰直視从見舂聲丑尨切

𧠟 司人也从見它聲讀若馳式支切

覣 好視也从見委聲於爲切

𧢋 注目視也从見歸聲渠追切

覹 司也从見微聲無非切

[illegible]

[illegible]也从見是聲杜兮切

[illegible]人視也从見[illegible]聲讀若迷[illegible]切

親 至也从見亲聲七人切

觀[illegible]也从見樊聲讀若幡附袁切 ○

覒 擇也从見毛聲讀若苗莫袍切

覶 好視也从見𤔔聲洛戈切

覭 小見也从見冥聲爾雅曰覭髳弗離莫經切

下視深也从見鹵聲讀若攸以周切

目蔽垢也从見[illegible]聲讀若兜當侯切

私出頭視也从

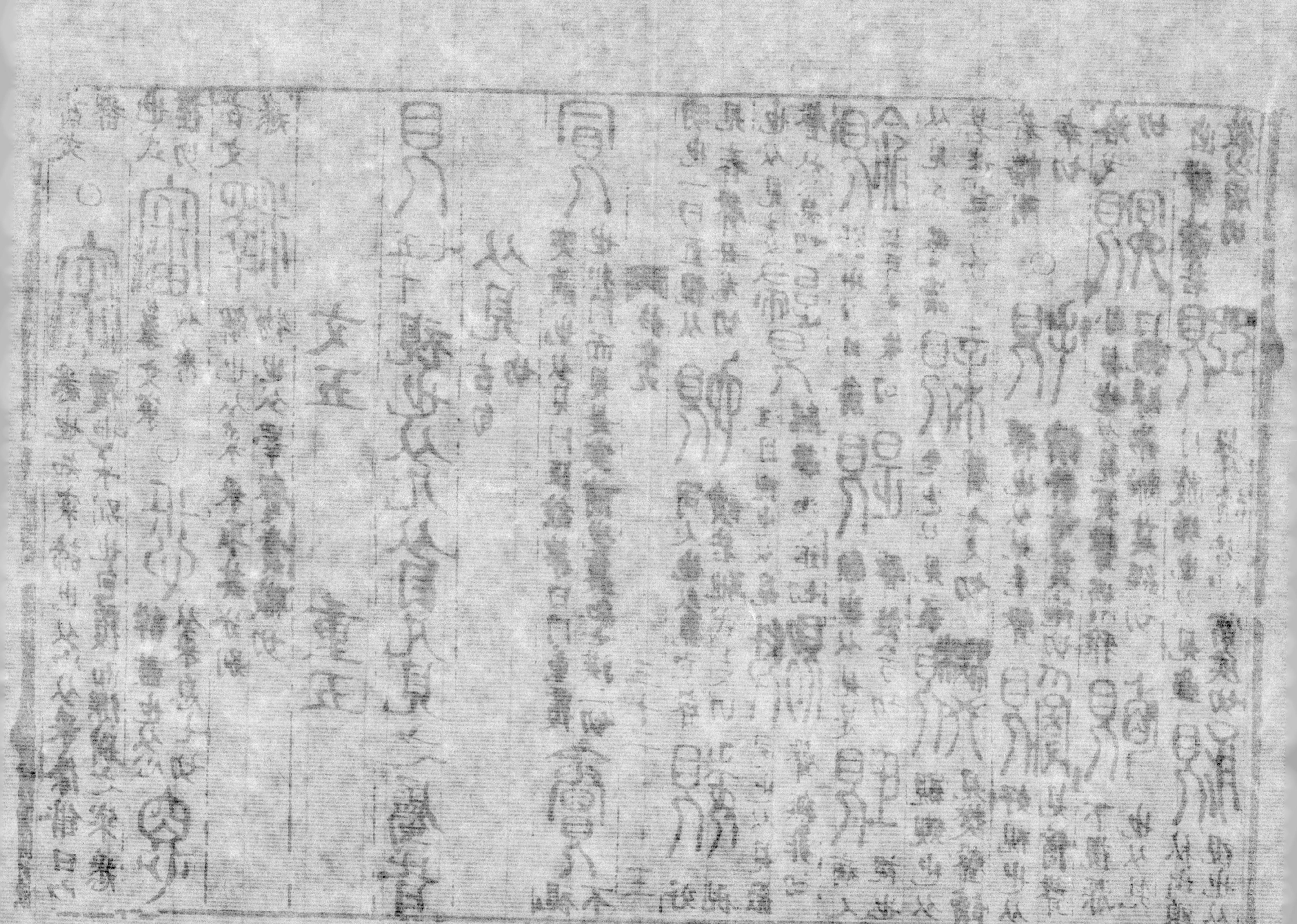

見彤聲讀若郴丑林切

⿰甚見 內視也从見甚聲丁含切

覝 察視也从見㷠聲讀若鎌力鹽切

○ ⿰爰見 大視也从見爰聲況晚切

⿰票見 目有察省見也从見票聲方小切

覽 觀也从見監監亦聲盧敢切

覢 暫見也从見炎聲春秋公羊傳曰覢然公子陽生失冉切

○ ⿰朿見 ⿰朿見覷闚觀也从見朿聲七四切

視 瞻也从見示神至切

眎 古文視

眡 亦古文視

覬 𣢟幸也从見豈聲几利切

覰 拘覰未致密也从見虘聲七句切

⿰麗見 求也从見麗聲讀若池郎計切

⿰兒見 旁視也从見兒聲五計切

⿰來見 內視也从見來聲洛代切

⿰賓見 暫見也从見賓聲必刃切

覲 諸侯秋朝曰覲勞王事从見堇聲渠吝切

⿰員見 外博眾多視也从見員聲讀若運王問切

觀 諦視也从見雚聲古玩切

⿰雚囧 古文觀从囧

覜 諸侯三年大相聘曰覜覜視也从見兆聲他弔切

⿰龠見 視誤也从見龠聲弋笑切

靚 召也从見青聲疾正切

覯 遇見也从見冓聲古后切

覘 窺也从見占聲春秋傳曰公使覘之信敕豔切

○ ⿰彔見 笑視也从見彔聲力玉切

覺 寤也从見學省聲一曰發也古岳切

覕 蔽不相見也从見必聲莫結切

⿰赤見 目赤也从見𥈆省聲臣鉉等曰𥈆非聲未詳才的切

覿 見也从見賣聲徒歷切

㝵 取也从見从寸寸度

面之屬皆从面 彌箭切

䩉 面焦枯小也 从面焦 即消切 ○ 靦 面見也 从面見 見亦聲 詩曰有靦面目 他典切 ○ 酺 頰也 从面甫聲 符遇切 ○ [illegible] ○ [illegible]

靨 姿也 从面厭聲 於叶切

文四 重一

文一 新附

覞 六十 並視也 从二見 凡覞之屬皆从覞 弋笑切

䙺 很視也 从覞肩聲 齊景公之勇臣有成䙺者 苦閑切 ○ 䨲 見雨而比息 从覞从雨 讀若欷 虛器切

文三

教 三六十 上所施下所效也 从攴从孝 凡教之屬皆从教 𡥈 古文教 𤕝 亦古文教

斆 覺悟也从教从冂冂尚矇也臼聲 胡覺切 學 篆文斆省

文二　重一

皃 六十三 頌儀也从人白象人面形凡皃之屬皆从皃 莫教切 貌 皃或从頁豹省聲 𧢲 籀文皃从豹省

覍 冕也周曰覍殷曰吁夏曰收从皃象形 皮變切 弁 籀文覍从廾上象形 𠑹 或覍字

文二　重四

号 六十四 痛聲也从口在丂上凡号之屬皆从号 胡到切

號 呼也从号从虎 乎刀切

文二

告 六十五 牛觸人角箸橫木所以告人也从口从牛易曰僮牛之告凡

告之屬皆从告 古奧切

嚳 急告之甚也从告學省聲 苦沃切

文二

冃 小兒蠻夷頭衣也从冂二其飾也凡冃之屬皆从冃 莫報切

冕 大夫以上冠也邃延垂瑬紞纊从冃免聲古者黃帝初作冕 亡辡切

絻 冕或从糸

最 犯而取也从冃从取 祖外切

冒 冡而前也从冃从目 莫報切

𦤒 古文冒

胄 兜鍪也从冃由聲 直又切

𩉂 司馬法胄从革

文五 重三

左 手相左助也从ナ工凡左之屬皆从左 則箇切

差 貳也差不相值也从左从𠂹 初牙切

𢀩 籒文差从二

文二 重一

臥 六十八 休也从人臣取其伏也凡臥之屬皆从臥 吾貨切

臨 監臨也从臥品聲 力尋切

監 臨下也从臥䘓省聲 古銜切

𧩟 古文監从言

○ 𩚔 楚謂小兒嬾𩚔 从臥食 尼戹切

文四 重一

襾 六十九 覆也从冂上下覆之凡襾之屬皆从襾 讀若晉 呼訝切

文四 重一

覂 反覆也从襾乏聲 方勇切

○ 覆 覂也一曰蓋也从襾復聲 敷救切

○ 覈 實也考事襾笮邀遮其辤得實曰覈从襾敫聲 下革切

𧟭 覈或从雨

文四 重一

亞 七十 醜也象人局背之形賈侍中說以為次第也凡亞之屬皆从亞 衣駕切

[illegible] 大十 林也从大合口取其大也

文屬皆从[illegible] 書中音

[illegible] 从古文 ○ [illegible] 从臣合 [illegible]

文四 重一

襾 覆也从冂上下覆之凡襾之屬皆从襾 呼訝切 讀若晋

○ 覂 反覆也从襾乏聲

○ 覈 實也考事襾笮邀遮其辤得實曰覈从襾敫聲 下革切 覈或从雨

○ 覆 覂也一曰蓋也从襾復聲 敷救切

文四 重一

亞 十十 醜也象人局背之形賈侍

中說以爲次弟也凡亞之屬

皆从亞 衣駕切

[illegible] 闕 衣駕切

文二

匕 七十一 變也从到人凡匕之屬皆从匕 呼跨切

𠤕 未定也从匕𥃦聲𥃦古文矢字 語期切

眞 僊人變形而登天也从匕从目从乚 音隱 八所乘載也 側鄰切 𠨍 古文眞 ○

化 教行也从匕从人匕亦聲 呼跨切

文四 重一

放 七十二 逐也从攴方聲凡放之屬皆从放 甫妄切

敖 出游也从出从放 五牢切 ○

敫 光景流也从白从放 讀若龠 以灼切

文三

鬯 七十三 以秬釀鬱艸芬芳攸服以降神也从凵 凵器也 中象米 匕

所以扱之易曰不喪匕鬯凡鬯之屬皆从鬯 丑諒切

䰞 黑黍也一稃二米以釀也从鬯矩聲其呂切 ○ 秬 䰞或从禾

𩰲 列也从鬯吏聲讀若迅疏吏切 ○ 鬱 芳艸也十葉爲貫百廾貫築以煑之爲鬱鬱从臼冂缶鬯彡其飾也一曰鬱鬯百艸之華遠方鬱人所貢芳艸合釀之以降神鬱今鬱林郡也迂勿切

爵 禮器也象爵之形中有鬯酒又持之也所以飲器象爵者取其鳴節節足足也即略切 ○ 𠁁 古文爵象形

文五 重一

誩 七十四 競言也从二言凡誩之屬皆从誩讀若競 渠慶切

譱 吉也从誩从羊此與義美同意常衍切 ○ 善 篆文譱从言

○ 競 彊語也一曰逐也从誩从二人渠慶切

○ 讟 痛怨也从誩𧶠聲春秋傳曰民無怨讟徒谷切

文四 重一

正 七十五 是也从止一以止凡正之屬皆

正 从止一 徐鍇曰守一以止也之盛切

𤴓 古文正从二二古上字

𤴕 古文正从一足足者亦止也

乏 春秋傳曰反正爲乏房法切

文二　重二

又 七十六

手也象形三指者手之𠛬多略不過三也凡又之屬皆从又 于救切

𢻱 引也从又[illegible]聲里之切

𠬳 引也从又昌聲昌古文申失人切 ○

叏 滑也詩云叏兮達兮从又屮一曰取也土刀切

叉 手指相錯也从又象又之形初牙切

[illegible] 又取也从又[illegible]聲側加切

厷 臂上也从又从古文 古文古薨切

𠃋 古文厷象形

肱 厷或从肉

父 矩也家長率教者从又舉杖扶雨切

取 捕取也从又从耳周禮獲者取左耳司馬法曰載獻聝聝者耳也七庾切

尹 治也从又丿握事者也余準切

𠁥 古文尹

反 覆也从又厂反形府遠切

𠬸 古文

叉 手足甲也从又象又形側狡切

叚 借也闕 古

叔 拾也从又尗聲 [illegible]

𠭓 [illegible]

取 [illegible]

彗 [illegible]

叚 [illegible]

友 [illegible]

度 [illegible]

[illegible] 四十 [illegible]

𠂇 [illegible]

又 手也象形三指者手之列多略不過三也凡又之屬皆从又 [illegible]

文二　重一

[illegible] 古文 [illegible]

[illegible] 从手持半竹 [illegible]

雅切

叚 古文叚

叚 譚長說叚如此

秉 禾束也从又持禾兵永切

友 同志爲友从二又相交友也云久切

友 古文友

友 亦古文友

叜 老也从又从灾闕穌后切

叜 籒文从寸

叟 叜或从人

○

度 法制也从又庶省聲徒故切

彗 埽竹也从又持甡祥歲切

篲 彗或从竹

彗 古文彗以竹从習

𣪠 楚人謂卜問吉凶曰𣪠从又持祟祟亦聲讀若贅之芮切

夬 分決也从又中象決形徐鍇曰コ物也丨所以決之古賣切

曼 引也从又冒聲無販切

右 手口相助也从又从口臣鉉等曰今俗別作佑于救切

○

𠬝 治也从又从卪卪事之節也房六切

叔 拾也从又尗聲汝南名收芌爲叔式竹切

𡭴 叔或从寸

𠬶 入水有所取也从又在回下回古文回回淵水也讀若沫莫勃切

㕞 拭也从又持巾在尸下所劣切

及 逮也从又从人徐鍇曰及前人也巨立切

及 古文及秦刻石及如此

及 亦古文及

𨑃 亦古文及

燮 和也从言从又炎籒文燮从羊羊音飪讀若溼臣鉉等案燮字義大孰也从炎从又即孰物可持也此燮蓋从燮省言語以和之也二字義相出入故也穌叶切

文二十八　重十六

嘼 七十七 犍也象耳頭足九地之形古文嘼下从厹凡嘼之屬皆从嘼 許救切

獸 守備者从嘼从犬 舒救切

文二

冓 七十八 交積材也象對交之形凡冓之屬皆从冓 古候切

說文九

爯 并舉也从爪冓省 處陵切 ○ 再 一舉而二也从冓省 作代切 四十二

文三

戊 七十九 中宮也象六甲五龍相拘絞也戊承丁象人脅凡戊之屬皆从戊 莫候切

成 就也从戊丁聲 氏征切

𢦩 古文成从午 徐鍇曰戊中宮成於中也

文二 重一

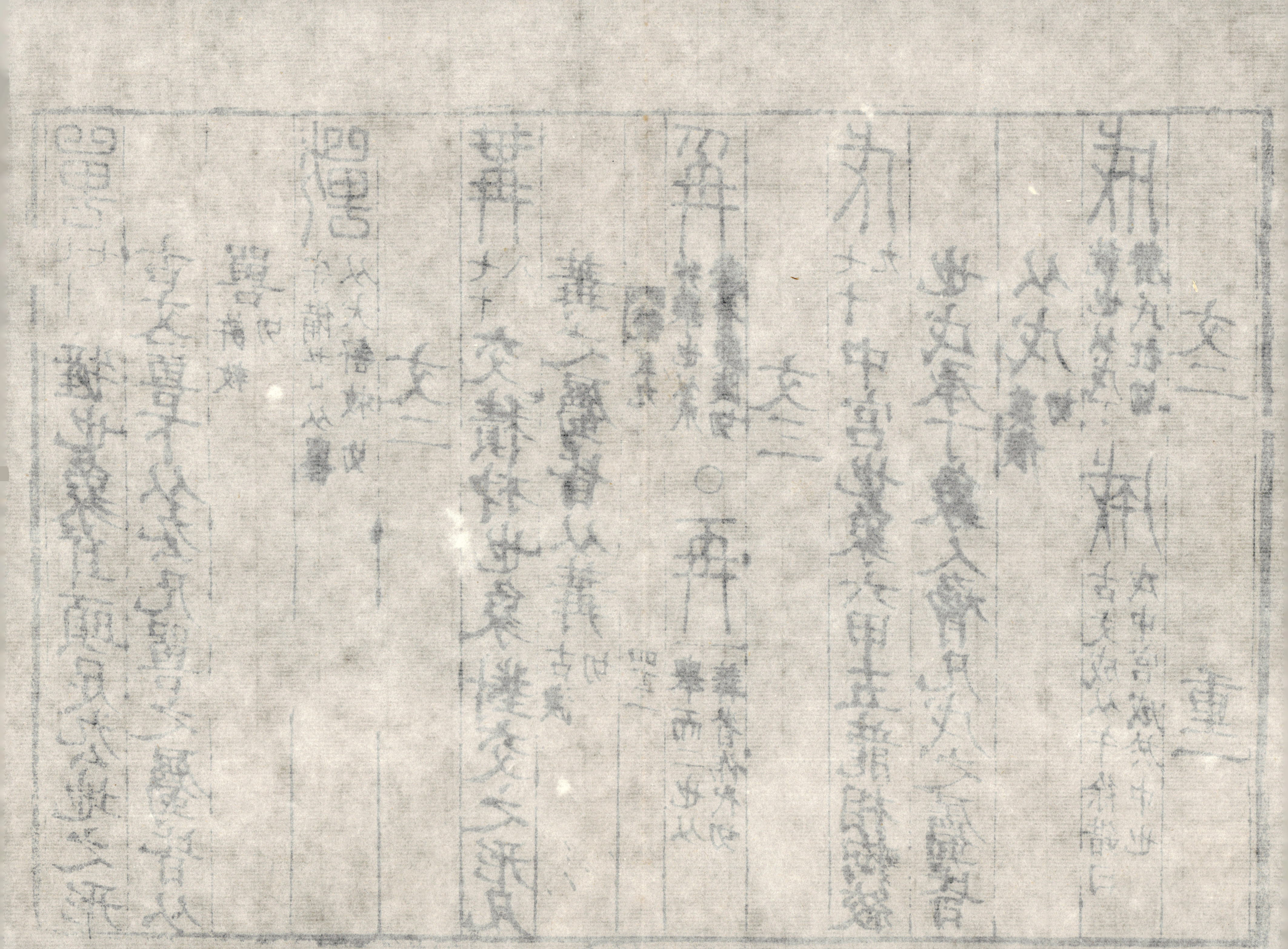

八十 兩士相對兵杖在後象鬥之形凡鬥之屬皆从鬥 都豆切

鬭也从門賓省聲讀若賓匹賓切

鬭連結鬮紛相牽也从門燹聲臣鉉等案燹今先典切从豩聲豩呼還切葢燹亦有豩音故得為聲一本从燹說文無燹字 ○ 撫文切

經繆殺也从門翏聲力求切

鬭取也从門龜聲讀若三合繩糾古侯切 ○

智少力劣也从門爾聲奴礼切

試力士錘也从門从戈或从戰省讀若縣胡畎切 ○

鬭也从門共聲孟子曰鄒與魯鬨下降切

不靜也从市門奴教切

遇也从門斲聲都豆切

恒訟也詩云兄弟鬩于牆从門从兒兒善訟者也許激切

文十

文一 新附

八十一 古食肉器也从口象形凡豆之屬皆从豆 徒候切

古文豆

豆飴也从豆夗聲一丸切

禮器也从廾持肉在豆上讀若鐙同都滕切

蠡也从豆蒸省聲居隱切 ○

豆屬从豆𢍏聲居倦切

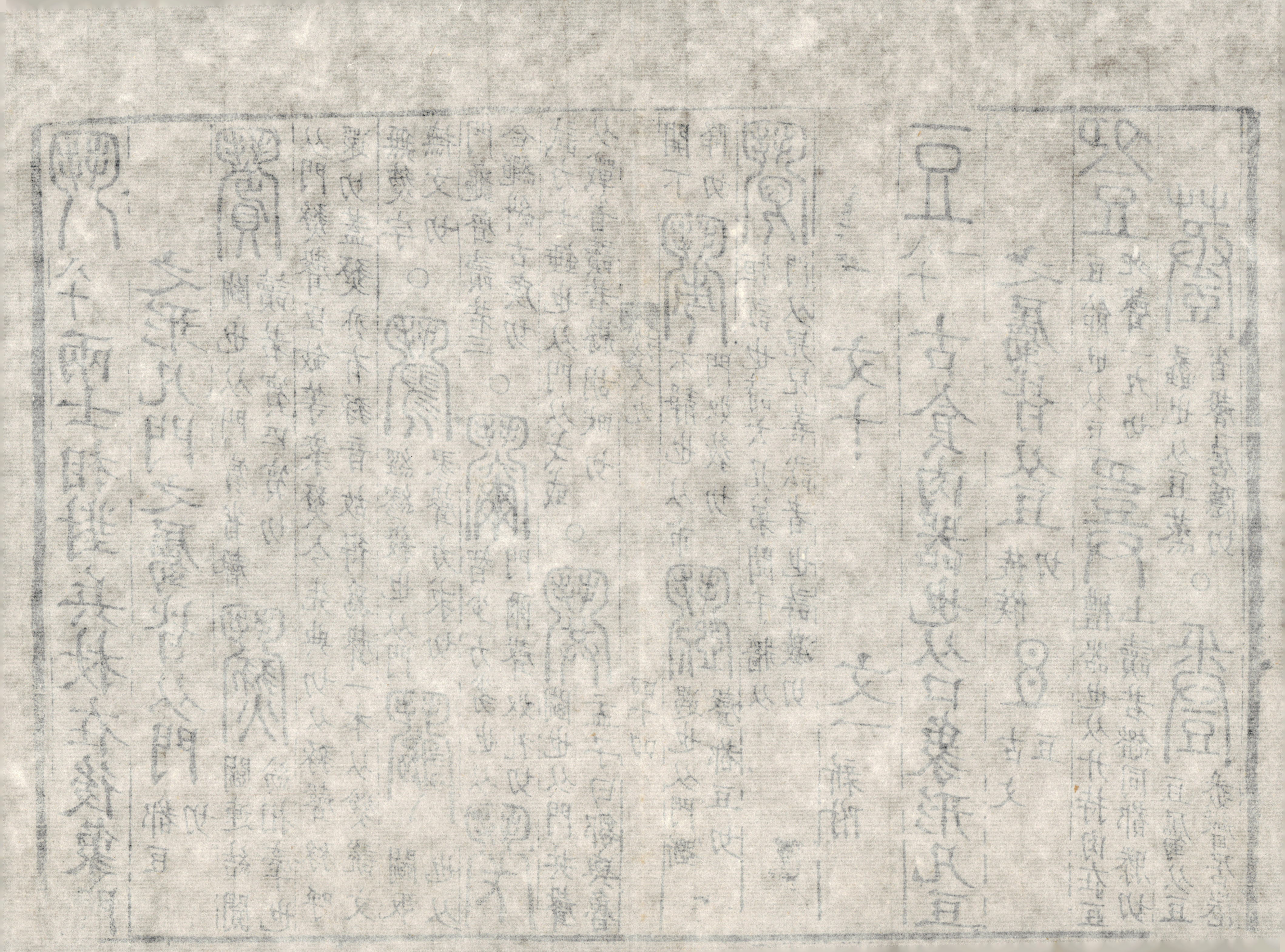

豆 古食肉器也从口象形凡豆之屬皆从豆

切

梪 木豆謂之梪从木豆徒候切

文六　重一

欠 八十二 張口气悟也象气从人上出之形凡欠之屬皆从欠去劒切

吹 出气也从欠从口臣鉉等案口部已有吹噓此重出昌垂切

歋 人相笑相歋瘉从欠虒聲以支切

歖 卒喜也从欠从喜許其切

欪 欪欪戲笑皃从欠㞢聲許其切

欺 詐欺也从欠其聲去其切

欷 歔也从欠稀省聲香衣切

歔 欷也从欠虛聲一曰出气也朽居切

歟 安气也从欠與聲以諸切

欨 吹也一曰笑意从欠句聲況于切

歈 歌也从欠俞聲切韻云巴歈歌也案史記渝水之人善歌舞漢高祖采其聲後人因加此字羊朱切

歑 溫吹也从欠虖聲虎烏切

歍 心有所惡若吐也从欠烏聲一曰口相就哀都切

欸 訾也从欠矣聲烏開切又因戒切

欣 笑喜也从欠斤聲許斤切

𣢀 昆干不可知也从欠䲓聲古渾切

歕 吹气也从欠賁聲普魂切

歡 喜樂也从欠雚聲呼官切

𣤆 欠皃从欠䜌聲洛官切

歂 口气引也从欠耑聲讀若車輇市緣切

𣤶 歊歊气出皃从欠䍃聲余招切

歊 歊歊气出

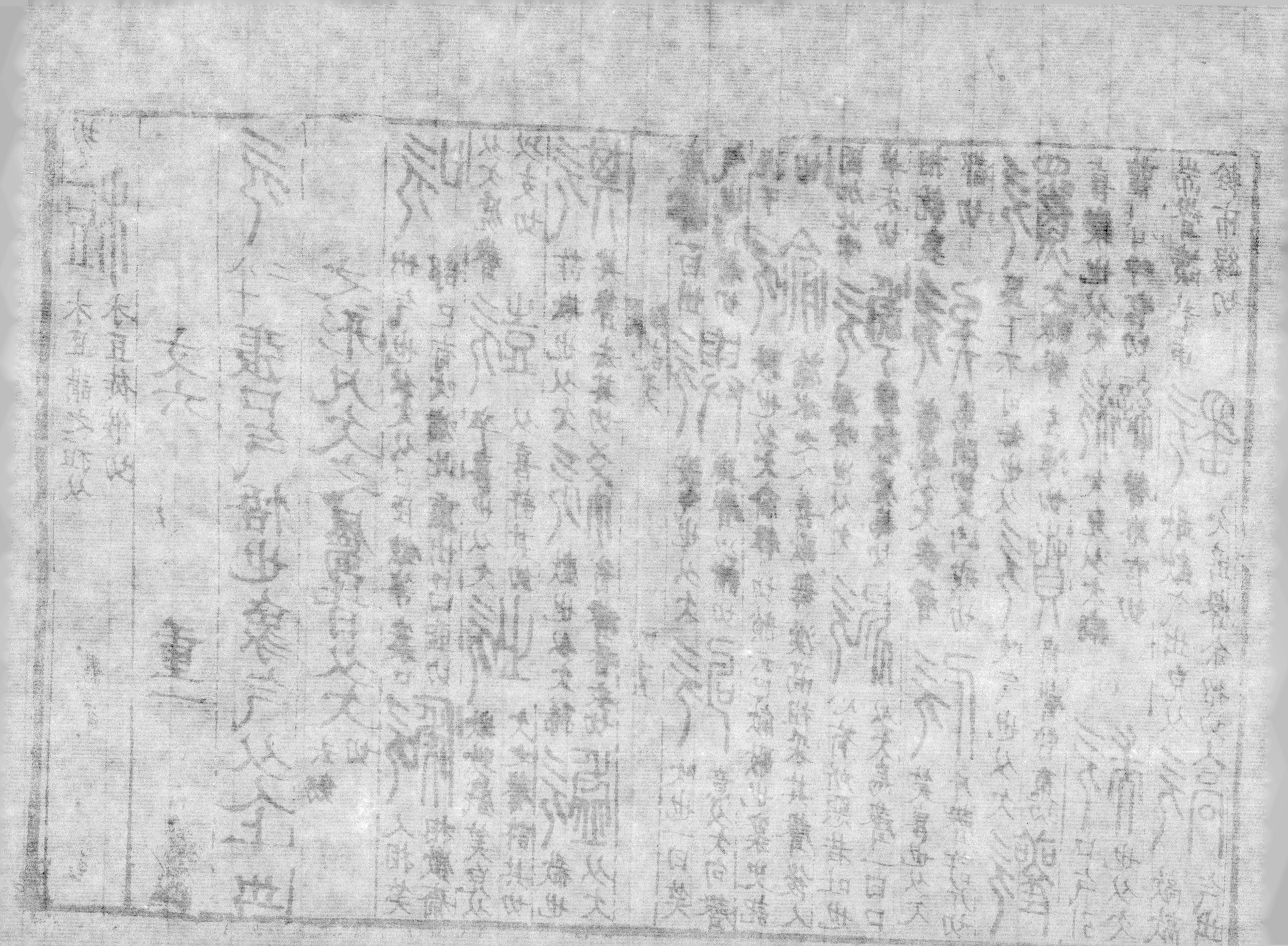

皃从欠高高亦聲許嬌切　歌　詠也从欠哥聲古俄切　謌　歌或从言　㱁
飢虛也从欠康聲苦岡切　𣢾　愁皃从欠幼聲臣鉉等案口呦字或作𣢾此重出於虯切　歆
神食气也从欠音聲許今切　欽　欠皃从欠金聲去音切　欿
欲得也从欠臽聲讀若貪他含切　欦　含笑也从欠今聲丘嚴切　⿰緘欠　監持意口閉也
从欠緘聲古咸切　○　弞　笑不壞顏曰弞从欠引省聲式忍切　⿰辰欠　指而笑也从欠
辰聲讀若蜃時忍切　款　意有所欲也从欠𥄐省臣鉉等曰𥄐塞也意有所欲而猶塞款款
也苦管切　歀　款或从柰　⿰鹵欠　言意也从欠从鹵鹵亦聲讀若酉與久切　歐

吐也从欠區聲烏后切　⿰咎欠　蹴鼻也从欠咎聲讀若爾雅曰麔豭短脰於糾切　歁
食不滿也从欠甚聲讀若坎苦感切　○　⿰此欠　歐也从欠此聲前智切　次　不前
不精也从欠二聲七四切　⿰古文次　古文次　欭　嚘也从欠因聲乙冀切　⿰气欠
幸也从欠气聲一曰口不便言居气切　⿰脅欠　翕气也从欠脅聲虛業切　歎　吟也从欠鷬省
聲他案切　⿰籀文歎　籀文歎不省　歗　吟也从欠肅聲詩曰其歗也謌臣鉉等案口部
此籀文嘯字此重出蘇弔切　⿰敫欠　所謌也从欠噭省聲讀若叫呼之叫古弔切　⿰潐欠
盡酒也从欠潐聲子肖切　歉　歉食不滿从欠兼聲苦簟切　○　⿰尗欠　惄然也从

欠尗孟子曰曾西𣢐然才六切 𪛁 歔歊也从欠鼀聲才六切 [illegible] 从[illegible]

就上 从欠[illegible] 欠气也从欠或聲於六切 歜 盛气怒也从欠蜀聲尺玉切 [illegible]

貪欲也从欠谷聲余蜀切 欶 吮也从欠束聲所角切 欯 喜也从欠吉聲許吉切

欪 咄欪無慙一曰無腸意从欠出聲讀若卉丑律切 欥 詮詞也从欠从曰曰亦聲

亦聲詩曰欥求厥寧余律切 欻 有所吹起从欠炎聲讀若忽許物切 [illegible] 咽中息不利也

一曰越淵从欠 [illegible] 欲歠也从欠渴聲苦葛切 [illegible] 不利也

詩謁切 㱄 且唾聲一曰小笑从欠毄聲許壁切 嗇欠 悲意从欠嗇聲火力

骨聲 [illegible] 从欠[illegible]

歙 縮鼻也从欠翕聲丹陽有歙縣許及切 㰹 歠也从欠合聲呼合切

[illegible] 翕气也从欠[illegible] 歃 歠也从欠臿聲春秋

[illegible] 聲虛業切 歃 傳曰歃而忘山洽切

文六十五 重五

文一

新附

重刊許氏說文解字五音韻譜卷九

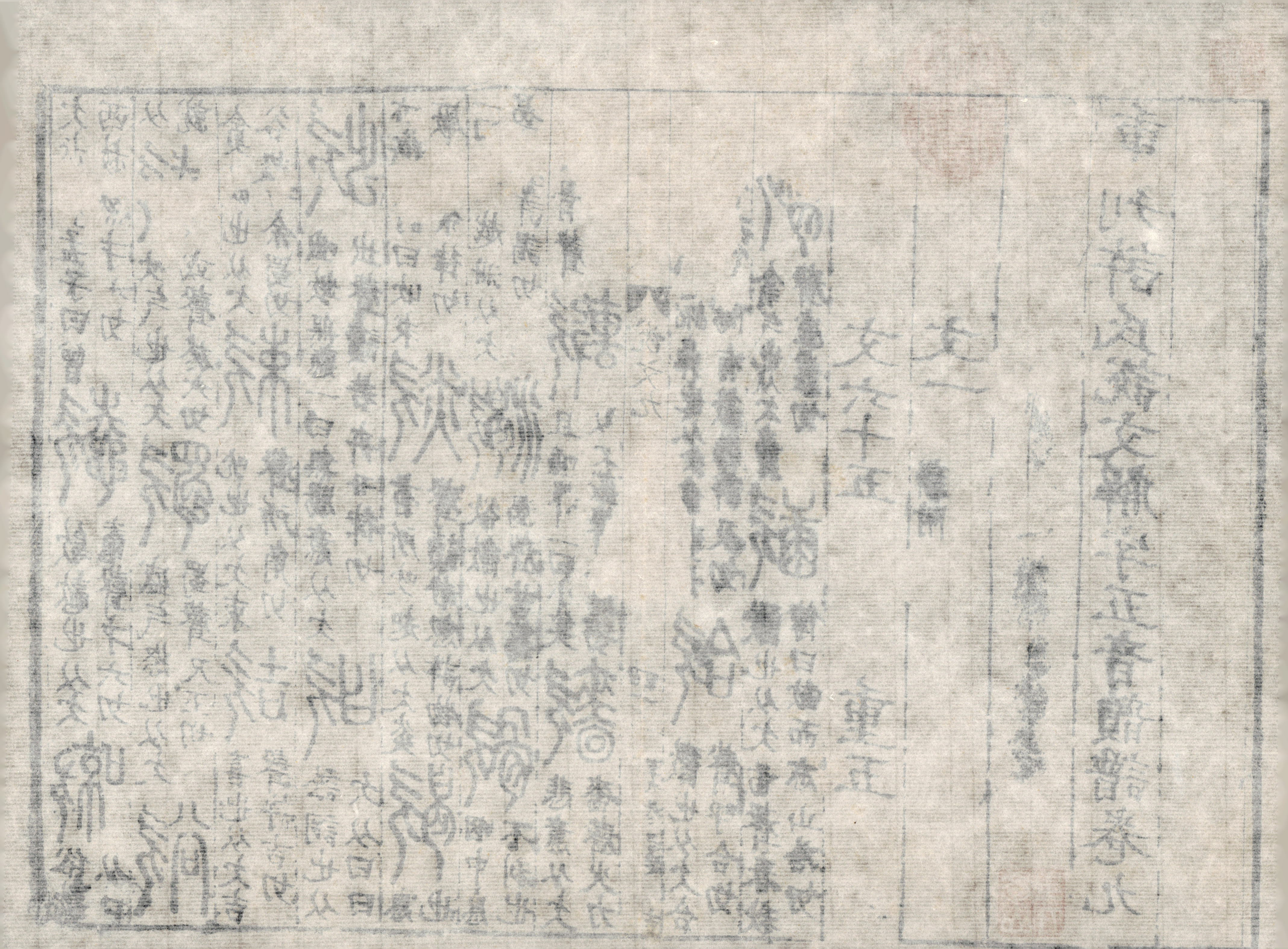

五福五代堂古稀天子寶

八徵耄念之寶

太上皇帝之寶